OS INVENCÍVEIS

O ENIGMA DO CIMÉLIO DE OURO

ANA CRISTINA MASSA

São Paulo

BIRUTA

1ª edição – 2025

O Enigma do Cimélio de Ouro

Ilustração de capa *Eva Sánchez Gómez*
Preparação *Andréia Manfrin Alves*
Revisão *Marina Ruivo e Priscilla Vicenzo*
Projeto gráfico *Editora Biruta*
Diagramação *Fernanda Peralta*
Coordenação editorial *Carolina Maluf*

1ª edição – 2025

Dados Internacionais de Catalogação na Publicação (CIP) de acordo com ISBD

M414e Massa, Ana Cristina
O enigma do cimélio de ouro / Ana Cristina Massa. - São Paulo, SP : Editora Biruta, 2025.
176 p. ; 14cm x 21cm. – (Os Invencíveis ; v.5)
ISBN 978-65-5651-144-3
1. Literatura infantojuvenil. 2. Aventura. 3. Mistério. I. Título. II. Série.
025-2659 CDD 028.5
CDU 82-93

Elaborado por Odilio Hilario Moreira Junior - CRB-8/9949
Índice para catálogo sistemático:
1. Literatura infantojuvenil 028.5
2. Literatura infantojuvenil 82-93

Edição em conformidade com o acordo ortográfico da Língua Portuguesa.

Rua Conselheiro Brotero, 200 – 1º Andar A
Barra Funda – CEP 01154-000
São Paulo – SP – Brasil
Tel.: (11) 3081-5739 | (11) 3081-5741
E-mail: contato@editorabiruta.com.br
Site: www.editorabiruta.com.br

SUMÁRIO

PRÓLOGO

Diante da cidade colonial, sobre a Serra de São José, o pássaro canta sua vitória. Até as corujas, sapos e seres da noite se calam diante daquela potência. Um ser majestoso e sombrio. Os gritos ecoam pela vila antiga. O homem foi derrotado. Mais um. E devolvido ao rio. Das Mortes. E outra mina destruída. Naquela serra, na Calçada dos Escravos. Na mistura de breu e dourado, o que mais reluz são as garras afiadas, até que vemos as brilhantes pepitas de ouro. As penas da criatura resplandecem em tons de laranja. O som do metal ressoa, suavemente, criando uma atmosfera sinistra. Os olhos da besta brilham com uma luz misteriosa. De repente, ouvimos o som estridente e tilintante das pepitas de ouro sendo devoradas. A cidade em escuridão. Temerosa daquele encanto. Tiradentes está com medo. O monstro, em êxtase. Só um Gênio, cercado de seres Invencíveis, poderá acabar com essa maldição.

Julia, pela primeira vez, ficou séria:

– Tantas perguntas! Só que eu vou ficar te devendo as respostas.

Gênio não gostou. Nem um pouco:

– Como assim? Julia, se isso é uma brincadeira, eu tô de "altos", tô fora, sacou?

– Lembra do que você disse quando a gente se beijou? Eu falei que não queria uma despedida e...

– E eu te prometi que ia voltar! Pra ficar com você! Mas o que é que isso tem a ver com...

Julia entregou o embrulho marrom a Gênio, trêmula:

– Eu sei que você vai voltar! Não sei se por mim, mas por isto aqui! Não abre agora não.

Gênio pegou o pacote, que não era pesado:

– É um presente? Mas... Por que é que você tá tremendo, Julia?

– Não é um presente, Gênio. É um segredo. E você vai saber a hora de desembrulhar esse mistério!

Gênio não entendeu nada. Mas sentiu um frio esquisito na barriga. Ela parecia falar em códigos, "uma linguagem impossível de ser decifrada", Gênio pensou, mas o perfume de Julia deixava ele confuso demais para raciocinar, e Gênio tratou de aproveitar os últimos momentos com ela. Se a conversa estava torta, o melhor era resolver de outro jeito. Foi o que Gênio fez. O segundo beijo deles foi ainda melhor. O tempo sumiu do relógio. Só não foi o beijo perfeito porque a voz grossa de Simas ecoou pelos corredores da igreja e interrompeu os dois:

– Quem está aí?

A luz da lanterna de Simas rodopiava sem rumo pela nave escura da igreja, buscando alguma resposta. Desta vez foi Julia que gelou a espinha e, lá do alto, enfurnada na torre do sino, sussurrou, num impulso:

– A gente não podia estar aqui! Eu cuido disso. Fica quieto, Gênio!

A lanterna de Simas se agitou mais, buscando em cada canto por alguém. Julia se afastou de Gênio e, quando já ia descendo as escadas, se voltou pra ele:

– Espera uns minutos e desce! Sai pela porta lateral, a mesma que a gente entrou. Confia em mim!

– Como assim?

Julia desceu as escadas num segundo. E Gênio ficou ali, esperando os minutos que ela pediu, um cronômetro que andava arrastado, vagaroso. O tempo é assim: quando está do nosso lado, voa, mas quando está contra nós, anda a passos de tartaruga. "O tempo é mesmo relativo", pensou Gênio, sem saber por que tinha que se esconder, sem saber a razão do segredo. Era só um garoto a fim de uma menina... ele não via problema nisso, a não ser pelo embrulho, recheado de mistério, que ele segurava nas mãos e que ainda não podia desvendar o que era. Desceu a escada na ponta dos pés, equilibrando o pacote nas mãos. Gênio viu Julia ali, escondida, e se abaixou ao lado dela, na pequena sombra que se formava entre os bancos da nave da igreja, ainda invisíveis aos olhos de Simas. Julia se irritou:

– Falei pra você esperar, Gênio!

Simas estava cada vez mais perto, com sua poderosa lanterna:

– Quem está aí? Não adianta se esconder! Eu estou ouvindo a sua respiração!

Ele estava perto demais para os dois se safarem. Julia apontou para a porta lateral. Gênio fez que não com a cabeça. Não ia deixar ela ali. Mas Julia fez que sim com a cabeça e empurrou ele com o pé. Gênio saiu agachado. Nesse instante, Simas jogou a luz da lanterna na direção do banco, flagrando Julia ali, em pânico. Os olhos de Simas saltaram de raiva:

– Você?

– Eu posso explicar... fica calmo... eu... quer dizer...

Enquanto Julia balbuciava, gaguejava e não dizia nada, Gênio se escondeu do lado de fora até ver os dois saírem da igreja, logo depois, e sumirem pelas ladeiras de Tiradentes. Gênio tinha a sensação de que havia mais alguém ali, espreitando o movimento na igreja. Seria o pássaro enorme? Ou melhor, alguém bem grande querendo botar medo nele? Só restou seguir até a pousada onde estava hospedado com Ed, seu querido tio cineasta. Ed estava na histórica cidade de Minas Gerais entrevistando moradores sobre o causo do misterioso desaparecimento de estátuas de Santo Antônio, e levou o sobrinho com ele para passar alguns dias das férias. Gênio mal podia imaginar que aquele lugar, Tiradentes, seria palco do maior desafio dos Invencíveis.

Gênio era o líder dos Invencíveis. Um grupo de amigos inseparáveis: Goma, o Marco, viciado em chicletes; Sofia, namorada de Jonas e meia-irmã de Goma; e Isa, que se achava a popular da galera, uma garota bacana, mas um tanto "vacilona". O último a entrar para o grupo foi Jonas, botafoguense e cheio de superstições. No começo eles eram apenas um grupo virtual que jogava games na internet e ganhava sempre.

Criaram fama de nerds, mas ninguém sabia a verdadeira identidade deles. Os Invencíveis tinham seus próprios mandamentos, uma espécie de guia de comportamento. Foi em um simples passeio da escola ao Museu Imperial de Petrópolis que tudo começou a ficar sério, e bem perigoso.

Os detetives, ou melhor, os Invencíveis, desvendaram um plano de roubo de uma tela no museu e acabaram amigos do Sombra, um homem sinistro que por muito pouco não virou um criminoso, mas que agora trabalha como investigador da polícia. A partir daí, foi uma confusão, quer dizer, uma aventura atrás da outra. Eles entregaram para a polícia uma rede de contrabandistas internacionais de relíquias do patrimônio histórico, que vendia peças sacras roubadas de igrejas brasileiras, descobriram a verdade sobre o fantasma da imperatriz Leopoldina, salvaram um professor de história das mãos de sequestradores e ainda conseguiram encontrar o esconderijo de um tesouro perdido, da época do Império, antes que ele caísse em mãos erradas. O mérito é todo deles, mas os Invencíveis não querem aparecer. Fazem questão do anonimato. Segundo Gênio, "quem é discreto não é notado, mas vê tudo". A visita à "Ilha dos Amores", um dos lugares favoritos de D. João VI, foi a última "roubada" em que eles se meteram. Juraram que não queriam saber mais de confusão. Mas talvez quebrem essa promessa: não de propósito, mas pela desmedida curiosidade de Gênio, que tem faro para atrair encrencas.

Mas nesse momento, ele estava no maior bode. Não gostou de se esconder na torre daquela igreja, mas se sentiu obrigado. Por Julia. Já gostava dela. Muito. Gênio desceu as ladeiras de Tiradentes sozinho. No rosto, o calor do beijo de Julia e o frio da despedida. Ele caminhava para a pousada, com o pacote misterioso nas mãos, seguindo a luz da Lua azul, que iluminava as ruas de pedras centenárias. A cidade era incrível. Linda, antiga, cheia de histórias e igrejas. Mas Gênio não prestava atenção em nada. Apenas andava rumo à pousada. E logo ele, tão sagaz, não percebeu que estava sendo vigiado bem de perto.

Quarto 101. Três batidas na porta. Esse era o código de Gênio. Ed abriu, malas prontas, e pronto para partir. Estava agarrado numa máquina fotográfica e arrastando um mau humor gigante:

– Pô, Gênio, te procurei na sauna, na piscina, no jardim e...

Gênio cortou sem cerimônia. Ele não tinha que fingir nada com o tio:

– Foi mal, tio. Tava com uma garota... Julia!

– Entendi. Uau! E cadê ela? Quero conhecer a garota que fez o Gênio se atrasar...

Ed agora falava rindo, alegre, mas Gênio tinha um ar mais sério:

– Tio, ela foi embora. A gente nem conseguiu se despedir direito. Sei lá, rolou um lance estranho...

Ed não disse mais nada. Gênio estava angustiado, e Ed percebeu de cara, ele é um tio bacana. Se Gênio não queria contar mais nada, ele não ia perguntar. Não naquele momento. A gente tem que saber a hora de saciar a curiosidade e a hora de, espertamente, se calar. Ed tinha idade para saber isso. Pouco tempo atrás, Ed foi o único que acreditou no sobrinho quando todos lhe viraram as costas. Até os Invencíveis duvidaram de Gênio. O grupo quase acabou de vez, mas no fim as coisas se esclareceram, foi tudo uma confusão. Mesmo sendo tão próximos, amigos mesmo, Ed achou melhor mudar de assunto:

– Você jantou?

– Tô sem apetite, tio...

Gênio guardou o pacote misterioso na mochila e se jogou na cama:

– Que horas a gente volta pro Rio?

– Agora, Gênio!

Foram duas semanas em Tiradentes, mas, para Gênio pareceu um mês inteiro. Foi intenso, cheio de surpresas e emoções. Ed também adorou Tiradentes. Um lugar cheio de cenários bacanas para rodar um filme de época. Igrejas seculares, ruas de pedras que remetem ao Império, lendas de minas de ouro e lugares ainda misteriosos. A cidade guarda histórias do "ouro de aluvião", o primeiro ouro descoberto no Brasil, no leito dos rios. Esse achado provocou uma corrida de "garimpeiros" gananciosos atrás da riqueza dourada, devastando a região.

Tiradentes tem ainda um morro de pedra enorme, no limite da cidade, a Serra de São José. Lugar cheio de segredos, que abriga uma trilha chamada Calçada dos Escravos. Isso sem falar das cachoeiras e do Rio das Mortes, nome sinistro e cheio de histórias também sinistras. Ed pretendia voltar logo. Gênio também queria voltar em breve. Mas por outro motivo. Julia. Por enquanto, Gênio protegia o embrulho marrom e as lembranças que tomavam seus pensamentos. O beijo estava entre a melhor das lembranças. Já guardava saudade e expectativa. Gênio se pensou apaixonado. Não sabia se era assim, se a paixão nos deixava meio tontos, bobos, fixados nos mesmos pensamentos: Julia, Julia. Ele achou que sim. Era como estar fora de órbita. Pela primeira vez.

Trezentos quilômetros. Essa é a distância entre o Rio de Janeiro e Tiradentes. Quatro horas de carro, mais ou menos. Não com Ed no volante. Ele dirigia em marcha lenta... Gênio olhava o celular a cada instante, torcendo pelo sinal. Queria falar com Jonas. Mas Ed confirmou o que Gênio já suspeitava:

– Na estrada não pega direito, Gênio. Relaxa, garoto! Sente o vento, o ar puro!

E ele olhava para fora, mas só via o que estava dentro dele. Um monte de interrogações. Jonas podia ajudar nessa coisa de sentimentos. Ele namorava Sofia. Gênio só não imaginava que o namoro de Sofia e Jonas tinha subido no telhado e estava prestes a despencar.

Já Julia, desde que saiu da igreja, junto com Simas, não parou de mentir, nem um segundo:

– Caraca! Vou ter que repetir tudo de novo?

Simas continuava bombardeando Julia:

– Vai! Até me convencer! Pode começar! Eu sou o responsável por esta igreja!

– Eu vi uma luz lá na torre, achei esquisito e fui ver o que era!

Simas levantou apenas uma das sobrancelhas:

– E...??

– A Lua azul! Era só o reflexo entrando pela janela!

– Você sabe que é proibido entrar lá à noite! Jura que você estava sozinha?

Julia cruzou os dedos dentro do bolso da calça:

– Juro!

Simas estava tenso, suas costas pareciam dois blocos de pedra:

– Pode ser perigoso, Julia! Eu te confiei meu segredo. Você sabe o que está acontecendo aqui!

Julia voltou a cruzar os dedos sem Simas perceber:

– Eu sei. Vai dar tudo certo.

De repente uma nuvem negra escondeu a Lua e, num segundo, Tiradentes mergulhou na escuridão da noite. Era tarde. Eles chegaram em casa. Seguros.

Julia escondeu a verdade. Não disse para Simas que entregou o embrulho marrom a Gênio. Se despediu com um beijo doce no rosto dele e foi dormir. Queria sonhar com Gênio.

A viagem para o Rio foi longa e silenciosa. Gênio cochilou pesado. Quando abriu os olhos, já estavam diante da lagoa Rodrigo de Freitas. De dia ou à noite, o espelho d'água sempre brilha. É um dos cartões-postais da cidade. Gênio respirou fundo, sentiu a maresia. Sim, estava de volta à Cidade Maravilhosa. Ed tinha um ar cansado, só pensava em deixar Gênio em casa e dormir:

– Tô exausto! Caramba, parece que dirigi até Londres! Olha esse *fog*!

– Eu tô sem bateria! Meio traço. Caraca, que frio é esse, tio?

Era uma noite carioca atípica. Verão, mas com cara de inverno. Uma frente fria desorientada invadiu a cidade e despencou a temperatura de uma hora para outra. Gênio afundou no banco do carona e arriscou uma ligação para Jonas, mas estava na caixa postal. Ele não deixou recado e ligou para Goma:

– Cara, sou eu! Voltei!

Goma estava com voz de preguiça, ou talvez frio:

– E aí? Beleza? Foi maneiro?

– Que voz é essa, Goma?

– Tava dormindo. Tô com preguiça e frio, Gênio. Mais preguiça do que frio, se bem que tá um frio, né, não sei... Que dúvida... Uma preguicinha, talvez...

Gênio interrompeu o pensamento de Goma, que voava alto:

– Minha bateria vai acabar, Goma!

– Tá, tá! Descobri! Mesmo cheio de sono, o frio ganha. Agora que você me acordou, deixa eu te contar da festa de ontem!

Quase quinze dias fora e Gênio percebeu que tudo estava igual. Foi isso que ele pensou, enquanto Goma continuava com a ladainha de sempre. Gênio estava diferente. Mudado. Ele deixou Goma falando e se distraiu, olhando para o falso inverno que pintava a cidade de cinza, mas sem tirar o telefone da orelha. Goma falava sem parar:

– ... A festa bombou! E o Jonas tá dormindo aqui que nem um tijolo. O cara pagou o maior mico, deu mole com a minha irmã. Depois te conto. Nem escuto ele respirar. Aliás, ele tá tão coberto que nem vejo ele. É o frio... Ou preguiça. Que horas são?

Gênio olhava para a rua, quase totalmente distraído. O sinal estava fechado, demorando a abrir. Foi aí que ele teve uma surpresa:

Era Jonas. Ali, diante dele, atravessando a rua, quase invisível, escondido dentro de quilos de roupas, mas, sem dúvida nenhuma, era ele. Estava nervoso, esfregando as mãos, o olhar aflito, o passo acelerado. Abaixo do gorro e acima do cachecol estavam os olhos, o nariz e a boca. E ainda as bochechas rosadas. Era tudo que se via de Jonas. Gênio tentou abrir a janela, mas não deu tempo. O que abriu realmente foi o sinal, verde para os motoristas, e Ed, louco pra chegar em casa, tratou de acelerar o carro sem parar.

– Para, tio!

– Como? Tô no meio da rua!

Ed seguiu. Estavam perto de casa. Jonas e Gênio moravam na mesma rua. Gênio ainda viu Jonas dobrar a esquina, aí lembrou que Goma estava pendurado na orelha dele:

– Aí, você disse o quê, mesmo?

Goma suspirou:

– Cara, tô falando há horas, né? Ah, da festa? Então, foi irada...

– Não, do Jonas! Você disse que ele tá aí?

– Apagadão! Por quê?

– Goma, acorda ele, é urgente!

Ed, mesmo sem entender, se meteu:

– O que é que tá acontecendo, garoto? Parece que viu uma assombração!

Gênio falava com Ed e gritava com Goma. Tudo ao mesmo tempo:

– Eu vi o Jonas, tio! Vai, Goma, acorda ele!

– Ô Gênio, qual é? Deixa o cara dormir! Ele tava mal ontem.

– Não! Tô mandando! Sou líder dos Invencíveis. Acorda!

Ed se meteu mais uma vez:

– Acordar o Jonas? Mas você não acabou de ver ele?

Ed desistiu de entender. Gênio, não. Ele precisava acabar com a dúvida: quem estava enganando quem? Jonas que fingia dormir e enganava Goma, ou era Goma que mentia para Gênio descaradamente, dizendo que Jonas estava ali? Nem um minuto se passou, mas pareciam horas. Gênio escutava tudo. Não desgrudava o telefone do ouvido. Ele se esforçava para entender o que se passava do outro lado da linha, e Goma se esforçava para acordar Jonas:

– Cara, levanta aí!

Silêncio...

– Vou puxar seu cobertor, hein? Jonas! Jon... Ué?

– Fala, Goma! Ele não está aí, não é?

– Como você sabe disso, Gênio?

Não houve resposta.

O celular de Gênio apagou, descarregado.

PRESENTE DE GREGO

Madrugada. Goma olhava para a cama vazia. Procurou Jonas no banheiro, na sala, e até ousou olhar no quarto da Sofia. Viu que sua irmã estava no maior ronco, agarrada em um travesseiro velho e amado. Ele fechou a porta do quarto com todo o cuidado, e em seguida foi para a cozinha. Parou diante de um relógio enorme que ficava pendurado em uma parede. Três da manhã. Ligou para o celular de Jonas. Caixa postal. Ligou para o celular de Gênio. Nada. Goma se viu diante de duas opções: virar uma barata tonta e nervosa à espera de notícias, ou aguardar, calmo e tranquilo, dormindo. Correu para seu quarto, para seu pote fechado a vácuo e à chave, onde guardava sua coleção de gomas de mascar. Esse era seu vício. Chicletes dos mais variados sabores e origens. Goma era um verdadeiro acumulador de sabores. Quanto mais exóticos, melhor. Desta vez ele escolheu um chiclete bem específico: aos desavisados, parecia uma trufa de chocolate, mas na verdade era a cobertura de noz-moscada em pó, que disfarçava e escondia uma gororoba de alface e camomila em alta potência. Tipo nocaute na insônia. Enfiou inteiro na boca. Mexeu no pote onde guardava as gomas, conferiu os sabores dos chicletes e percebeu que ainda tinha um bom estoque dessa iguaria, além de outros sabores inéditos. Fechou o pote, trancou e guardou a chave no seu lugar secreto. Se jogou na cama e apagou.

Duas e quinze da manhã. A rua estava deserta. Só ele ali. Jonas olhava para o céu, despedaçado. A Lua estava encoberta... Jonas sentia um vazio gigante. Pensava em Sofia, sua primeira namorada. Em como se beijaram pela primeira vez no elevador, e pensou que não queria mais ser namorado dela, nem queria mais ser Invencível. Era apenas o Jonas, craque de futebol e um torcedor do Botafogo. Ah, e um vacilão. Não conseguia esquecer a noite anterior. Foi horrível: no meio da festa ele catou Goma pelo braço:

– Goma, vou nessa!

– Cara, como assim? Logo agora? Tô a fim de ficar com a Dani! O que é que tá rolando? Cadê a Sofia?

– A Sofia é a sua irmã, só isso! Na boa, cara, vazei!

Goma não entendeu nada. Nesse instante, o DJ mandou um batidão e ele enfiou uma goma de eucalipto na boca e saiu, com hálito de sauna, animado, dançando em direção a Dani:

– Vai dormir, Jonas. Ploc! Amanhã vocês conversam. Ploc!

Em seguida, Goma parou. Olhou para Jonas e se lembrou do quinto mandamento dos Invencíveis: "Um por todos e todos por um". Significa que quando um deles estiver em apuros, os outros têm o dever de ajudar. Não vale meia ajuda, nem ajudinha. Tem que ser a ajuda toda. Voltou atrás:

– Pô, Jonas. Eu queria me dividir ao meio. Ou então virar dois.

– Eu só quero sumir, Goma!

– Vou te levar pra casa! Já vi que a parada é séria!

– Mas e a Dani?

– Eu perco a gatinha, mas não o amigo. Bora, cara!

Eles saíram sem se despedir de ninguém. Jonas estava enjoado. Tonto. Não queria que ninguém o visse assim, derrotado. Nunca perdoaria a desconfiança de Sofia:

– Ela não acreditou em mim, Goma!

– Dá pra me explicar o que aconteceu?

– Sua irmã preferiu confiar numa garota qualquer!

– Como assim, Jonas? Desenvolve, cara!

– Minha namorada nem quis me escutar!

Jonas falava para ele mesmo:

– Ainda tô de recuperação! Não enfiei o pé na jaca não, foi o corpo todo numa areia movediça! Só tô afundando!

– E eu boiando, Jonas! Qual foi a treta?

Goma não podia deixar o amigo ali, naquele monólogo:

– Chega! Você vai dormir lá em casa!

Jonas não prestava atenção. Mesmo assim, seguia Goma. Amigos são para isso. Oferecer a cama, dar apoio, ceder os ouvidos, emprestar os ombros, estender a mão e às vezes fechar a boca para apenas escutar. E amigos também devem dar umas boas chamadas de vez em quando, tipo colocar o cara na real.

Jonas não abriu mais a boca. Mergulhou na bicama, no quarto de Goma, levou o cobertor até a ponta do último fio de cabelo da cabeça e dormiu. Goma fez o mesmo: "melhor esperar o dia amanhecer, as coisas ficam mais claras", pensou.

O sono de Jonas não durou nada. Ele acordou de repente molhado de suor, sobressaltado. Sonhou novamente com um homem sem rosto. Era na verdade o mesmo pesadelo que o perseguiu durante muito tempo, mas que tinha tirado férias nos últimos tempos. Agora estava de volta. Jonas entrou em pânico. Pensava no homem, e em Sofia, que deveria estar ali, no quarto ao lado, e com muita raiva dele. Vestiu o casaco, encheu a cama de travesseiros e cobriu com o cobertor. Não queria que Goma acordasse no meio da noite e ficasse preocupado se ele não estivesse lá. Saiu sorrateiro. Agora estava ali, de madrugada, na rua, tomando o rumo de casa. Mas sem rumo.

Enquanto Jonas vagava pelas ruas, Gênio estava em casa, mas nem pensou em dormir. Mesmo exausto da viagem a Tiradentes, não conseguiria relaxar com a megapulga Jonas atrás da orelha. Gênio era assim, não era do tipo "ah, depois eu penso nisso". Só sabia deixar um problema para depois se fosse uma "recuada estratégica", como ele mesmo dizia. Era um caso de mistério, e esse era o ponto fraco de Gênio. Ele estava com a sensação de que as coisas estavam desandando. Faltava o líder colocar tudo em ordem. Começaria por Jonas. A primeira coisa que Gênio fez foi colocar o celular na tomada para carregar. A segunda foi encarar o embrulho marrom de Julia. Ele podia abrir naquele mesmo instante. Ninguém ia ver. Era só para saciar a vontade de saber o que tinha ali e depois esquecer. Impossível para ele. "O que a gente faz quando ninguém está vendo mostra quem a gente é de verdade", pensou. Gênio era curioso, não intrometido, abelhudo. Colocou o embrulho na mesa de cabeceira e saiu de casa o mais rápido que podia.

A rua continuava deserta, mas Jonas seguia acompanhado dos seus fantasmas: culpa, tristeza e um nó no peito. E foi assim, com o queixo encostado no pescoço, olhando para o chão, que não viu o vulto que se aproximava. Quando levantou a cabeça, já na porta de casa, era tarde para tentar um atalho. Estava diante de Gênio:

– Opa! Tá fugindo de alguém, Jonas?

No susto, Jonas respondeu sem pensar:

– De mim mesmo... Oi, Gênio.

– E aí? Vai me explicar o que é que tá rolando? Goma foi te acordar e nada! Ele achando que você estava lá, e olha só você aqui.

Jonas finalmente se abriu. Pegou Gênio pelo braço e subiram para a casa dele. Contou em um fôlego só:

– Tudo aconteceu no meio da festa, ontem. Eu tava dançando, cara. De olhos fechados. Aí senti ela encostando a boca na minha. Rolou o beijo. Aliás, um superbeijo. Um beijaço! Quando eu abri os olhos, amarradão... Não era a Sofia... Era a Pat. E todo mundo olhando pra gente.

– Caraca! E a Sofia?

– Corri pra falar com ela, me explicar! Mas ela nem me ouviu. Falou um monte, e virou as costas. Eu juro que não foi minha culpa!

– Calma, Jonas! Deixa ela esfriar a cabeça. Vocês se gostam!

– Eu tô chateado porque ela tá me achando um vacilão!

– A Pat que é fura-olho, Jonas!

– Explica isso pra Sofia, Gênio!

– Não podia ser menos complicado esse lance de gostar de alguém? E tem gente que ainda reclama de equação de matemática.

– Você tá falando isso por quê, Gênio? Tem alguém na área?

– Tem! Mas quando eu reunir todos os Invencíveis, conto de uma vez. Amanhã a gente resolve essas tretas! Bora dormir um pouco.

– Eu não sou mais Invencível!

– Pode parar, Jonas! Não mistura as coisas. Vou nessa. E você, trata de apagar!

Gênio tinha razão. A cabeça de Jonas estava embaralhada demais:

– Melhor mesmo!

Os cinco Invencíveis estavam finalmente dormindo, cada um na sua casa. Jonas embaixo do cobertor, Isa embolada com três travesseiros, Sofia agarrada em uma almofada de coração, presente de Jonas, Goma roncando profundamente, efeito do chiclete sonífero, e Gênio com o sono leve de sempre, um olho fechado e o outro no embrulho marrom que Julia deixou com ele.

Mal o dia amanheceu e Sofia acordou. Arrasada. E abraçada ao coração de pelúcia. Só pensava em Jonas. Em como ele poderia ter sido tão idiota. Ela viu sim o beijo dele e Pat na festa. Beijaço. E pior: o celular dela não parava de apitar. Mensagens entrando freneticamente. Ela nem quis olhar. Enterrou a cabeça no travesseiro e o encharcou de lágrimas antes de voltar a dormir. Só foi acordar quando o telefone tocou, desta vez insistentemente.

Isadora, a Invencível que sabe ser bacana e venenosa na mesma medida, também estava na festa. Foi testemunha ocular do vacilo de Jonas, de tudo. Ela viu quando Pat beijou Jonas. Foi Isa, BFF – *best friend forever* – de Sofia, quem tocou no assunto. Isa abriu os olhos e catou o celular. Tratou de ligar para Sofia, mas sem maldade. Ligou três vezes até a amiga atender. No começo a conversa foi tranquila, mas, depois:

– Como assim vocês não conversaram, Sofia?

– Na boa, Isa! Falar o quê? O Jonas beijou a Pat...

– Ou foi a Pat que beijou o Jonas?

– Faz diferença, Isa? Rolou até um vídeo da festa no grupo do colégio! Sabe o que aparece? O beijo deles!

– Caraca! Então vazou?

– Geral viu, Isa! Eu sou a idiota do século!

– Já pensou que, de repente, sei lá, o Jonas beijou a Pat sem querer, Sofia?

– Já pensou que um beijo só rola quando os dois querem, Isa?

O silêncio tomou conta da conversa. Sofia continuou com uma voz gelada:

– Não foi a primeira vez que o Jonas beijou outra garota. Lembra, ISA?

Isa não tinha como esquecer. Foi ela que tascou um beijo nele. Isa teve uma quedinha por Jonas, mas isso já fazia um tempão. Foi um beijo roubado, mas ela logo sacou que Jonas e Sofia eram que nem brownie com sorvete: perfeitos juntos. E também entendeu que a amizade de Sofia era mais importante do que qualquer garoto. Isa fez questão de se defender:

– Na boa, quem não esquece é você, SOFIA, a garota perfeita, impecável! Achei que a gente já tinha superado isso! Pensei que fôssemos amigas. Te liguei pra dar uma força, mas deixa pra lá. Valeu!

A ligação terminou assim, com Isa desligando e Sofia com a orelha ainda grudada no celular, ouvindo sua própria respiração. O dia não podia ter começado pior: agora Sofia tinha um ex-namorado e uma ex-melhor amiga.

Goma invadiu o quarto de Sofia e pulou na cama dela:

– Pô, minha irmã... Eu ouvi seu celular tocando e grudei a orelha atrás da porta. Escutei tudo!

– Não acredito!

– Foi mal. Mas o Jonas tava arrasado ontem, ele dormiu aqui e, de repente, sei lá, o cara sumiu. Eu tava preocupado com você, e com ele também, quer dizer, mais com ele, porque o Jonas parecia um zumbi ontem e...

De repente Sofia enfiou o coração na cara do irmão com tanta força que a almofada rasgou:

– Chega! Não quero saber. Tô igual a essa porcaria felpuda!

– Porque quer, maninha. Na boa, o Jonas tá igual, rasgado ao meio!

– Que se dane! Agora sai, Goma, quero ficar sozinha! Na minha!

– Esquece! Olha o celular. Os Invencíveis já marcaram reunião no nosso QG. Só vai dar tempo de escovar os dentes!

– Tinha que ser o Gênio, né?

– Quem mais? Função do líder, pô! Bora, levanta daí!

Isa já estava se arrumando. Batom, perfume, produção total. Era assim até para comprar pão na padaria. Sofia foi de qualquer jeito. A mensagem do grupo apitou e despertou Jonas do sono. Ele pulou da cama, mas o pesadelo continuava.

O QG dos Invencíveis era no play do prédio do pai de Goma e Sofia. Isa também morava lá, alguns andares acima. Mais prático, impossível. Eram todos vizinhos de bairro.

Eles estavam irreconhecíveis. Os cinco, sentados no chão, formando uma roda. Isa não olhava para Sofia, que também não encarava Jonas, que espiava Goma, que fixava o olhar em Gênio, que encarava um a um os Invencíveis e carregava com ele o embrulho marrom que Julia pediu para ele guardar. Climão.

O silêncio foi quebrado pelo líder, Gênio, que esboçou um mau humor:

– Ninguém é obrigado a ficar, mas tem que separar as coisas!

Isa não se aguentou e desta vez destilou seu veneno, apontando para Sofia:

– Eu não tenho motivo pra sair, mas ela tem! Tá brigando com geral!

– Eu? Quem tem que deixar o grupo é o Jonas!

– Não fiz nada!

– Fez! Beijou a Pat!

– Foi ela que me beijou! E você não acreditou em mim, Sofia!

Sofia cortou Jonas:

– Eu vi! Eu e todo mundo!

Isa interrompeu, já irritada:

– Na boa, Sofia! Liguei pra dar uma força e você mandou muito mal comigo! E se liga, quem é a Pat? Não tem a menor importância! Ou tem, Jonas?

– Claro que não!

Gênio já estava com o celular na orelha. Tocou uma, duas vezes, três, e nada de Julia atender. Ele ficou tão nervoso que botou o celular no viva-voz. De repente todos escutam uma voz aguda e estridente:

– Gênio! Me ajuda!

Os quatro ficaram mudos, olhos arregalados para o celular. Julia continuou sem vírgulas, em pânico:

– O Simas! Ele sumiu!

– Julia? Calma, me explica o que tá acontecendo!

– Abre o embrulho, Gênio! Você vai saber o que fazer! Eu...

Nesse instante a ligação cai. De novo o silêncio. Gênio liga novamente, mas cai direto na caixa postal. Então, Gênio pega o embrulho e começa a rasgar o papel. Jonas, Goma e Isa ajudam, de maneira frenética. De repente, uma estátua com a imagem de Santo Antônio aparece diante deles. Ninguém entende nada.

– Oi?! A doida quer casar com você? Santo Antônio é o santo casamenteiro!

Gênio não conseguia entender:

– Para, Isa! É sério!

– Um santo? Que presente de grego!

Gênio ficou encarando o santo:

– Não me atrapalha, Goma! Vocês podem fazer silêncio?!

Jonas não se conteve e sussurrou:

– A menina tava com a voz apavorada...

Gênio nem escutou o que ele disse:

– Isso tem que ter algum sentido! A Julia tava escondendo alguma coisa, e quando a gente esconde...

Gênio espiava para dentro. Era assim que ele raciocinava. Mudo, mas a cabeça a mil. E ele sentiu o mesmo frio na barriga do momento em que Julia entregou o embrulho e disse que ele saberia a hora de abrir. De repente Gênio falou, quase gritando, e remendando a frase anterior:

– ... e quando a gente esconde, é porque tem algo dentro!

E jogou com toda a força a imagem do santo contra uma parede de concreto diante dele. Goma, Isa e Jonas soltaram um berro, e o santo se espatifou em pedaços revelando um segredo guardado lá dentro: um canudo de papel. Gênio abriu com pressa:

– Estranho... Parece uma página de um livro. E muito antigo, isso nem é papel, é um tecido! Mas esse texto... está criptografado.

– Hã? "Cri" o quê?

– Criptografado, Goma! É um código secreto! Impossível de entender! Ela confiou em mim, galera! Vamos ter que descobrir o que tá por trás disso! E agora!

GRUPO DESFALCADO

Os quatro ali, Gênio com o tecido criptografado nas mãos, e os outros sem coragem de dizer o que pensavam, diante dos cacos de Santo Antônio. Foi Jonas quem abriu os trabalhos:

– Gênio, quem é Simas?

– Ainda não sei, Jonas. Mas com certeza alguém importante para a Julia!

– Se você tá pensando em investigar, eu tô fora!

E Isa falou sem respirar:

– Eu também, *no way*!

Goma respirou fundo:

– Calma, Isa, calma, Jonas! Caraca! Preciso de um chiclete de raiz forte. Bem ardido. Daqueles que desentopem até pensamento! E parem de olhar para mim!

Gênio estava imóvel. Simas desaparecido e os três batendo cabeça. Por um instante ele se perguntou onde estavam os Invencíveis, e a pergunta atravessou a garganta e escapuliu:

– O que aconteceu com nosso grupo? Acabamos, é isso? Eu sei que nós fizemos uma promessa...

Nesse instante, Jonas cortou o líder:

– De nunca mais nos meter em confusão, Gênio!

E Isa cortou Jonas:

– Juramos não correr mais riscos! Na boa, Gênio, a gente quase se ferrou no Museu Imperial, na Capela Real, no Jardim Botânico e...

E foi cortada de novo por Jonas:

– Eu me arrebentei num penhasco! Lembra? Naquela ilha?

Goma tinha os olhos molhados e vermelhos. Ou era efeito da goma potente de raiz forte, ou ele estava quase chorando.

Gênio olhava para cada um deles:

– Nós sempre nos unimos. Sempre nos ajudamos. Achei que amizade era isso. Temos uma promessa sim... Mas temos uma pessoa em apuros. Isso muda tudo, ou não? A Julia confiou em mim!

Todos abaixaram a cabeça. Cada um com seu próprio flashback. Gênio fez tudo voltar à cabeça deles. A palavra amizade martelava, quase fazendo barulho. Tudo bem que, às vezes, sair, ir embora, abandonar o barco é o mais fácil. Mas nem sempre é o mais certo. Só que nem sempre fazemos o que é certo. Jonas, Isa e Goma se deram as mãos, e não deram mais nenhuma palavra. Gênio, de mãos abanando, entendeu o recado:

– Valeu, galera. Eu não vou pular fora. Vão curtir as férias! Eu tenho uma missão. Fui!

Antes que ele saísse, Jonas, num impulso, sacou do bolso o *card* da espada medieval e o entregou para Gênio:

– Leva com você.

O *card* era especial para o grupo. Como um objeto da sorte, um talismã. Foi ganhando no bafo que Jonas entrou para os Invencíveis, na época em que desvendaram o mistério no Museu Imperial de Petrópolis. Isa usou o mesmo *card* para se salvar quando esteve em apuros, e agora ele estava nas mãos de Gênio.

E o líder aceitou. Virou as costas e saiu sem olhar para trás. Nas mãos, o documento misterioso e o *card* da espada medieval. Só existia agora um Invencível. Os três continuaram quietos, olhando para os pedaços do santo despedaçado no chão, enquanto Gênio partia sozinho.

Assim que ele saiu, Isa, Jonas e Goma tentaram disfarçar para eles próprios o que estavam sentindo:

– É isso, galera. Fomos corajosos. Tomamos uma decisão!

– Jura que você achou corajoso, Isa? Sei não...

– Ué, Jonas! Não era o que a gente queria? Goma?

Goma não parava de remexer os bolsos da bermuda:

– Tô ocupado! Procurando meu chiclete de co... co...

– Coragem?

– Não, Jonas! Coité! Uma fruta exótica, cara, pra segurar minha barriga. Tô precisando ir ao banheiro urgente!

A verdade é que os três não tinham onde enfiar a cara. Só restou arrumarem uma desculpa para saírem rápido dali. E eles se despediram, cada um dizendo que tinha um compromisso importante. Isa se jogou em um salão para fazer mão, pé e pensar um pouco. Queria bolar um plano para juntar Sofia e Jonas. Já Jonas, mergulhado no sofá, apertava o botão do controle remoto freneticamente sem parar em nenhum canal. Ele teve uma ideia para desmascarar Pat. Goma não teve nenhuma ideia, muito menos plano. Se atracou em um garfo e trucidou uma lasanha.

Isa saiu do salão montada: cabelo hidratado, unhas feitas, mas alma triste. Ela se olhou no espelho e pensou na máxima "a beleza vem de dentro". Estava abatida, e sabia como resolver sua angústia. Tinha que procurar Sofia. Tinham que fazer as pazes.

Jonas não queria paz. Estava pronto para a guerra. Catou o celular e ligou para Pat. Marcou um encontro em um café legal perto da casa dele. Lá serviam uns brownies incríveis e cafés gelados com caramelo e flor de sal. Jonas tinha pressa:

– ... É, Pat, agora. E então, topa?

Ela aceitou na hora:

– Claro! Tô indo... Beijo!

A palavra "beijo" entrou torta no ouvido dele, mas Jonas disfarçou:

– Te encontro lá. Valeu!

Pat só não imaginava o que Jonas tinha armado.

Isa também ligou para Sofia e marcaram um encontro. Precisavam conversar. Desta vez o grande vilão foi o destino. Ou a coincidência.

Meia hora depois, Jonas e Pat conversavam no café enquanto afogavam as colheres em um brownie de chocolate cremoso. Dividiam o mesmo doce.

Por azar, Isa marcou com Sofia no mesmo café. E através do vidro, ainda da rua, ela vê Jonas e Pat ali, sentados em uma mesa logo na entrada. Por sorte, Sofia se atrasou e Isa correu para a esquina da rua, fora do campo de visão do café. Nesse instante, Sofia vem andando e encontra Isa:

– Ei! Aonde você vai?

Isa, afobada, continua andando:

– Mudei de ideia! Bora tomar um sorvete?

Mas Sofia cata a amiga pelo braço e segue para o café com Isa:

– Não! Só penso no brownie cremoso de chocolate! Vamos dividir um?

Tarde demais.

Sofia freia. De longe ela viu os dois. Pareciam um casal feliz: Jonas e Pat. Sofia paralisou diante da cena. Foi a vez de Isa catar Sofia pelo braço e sumirem dali correndo.

Mais adiante, em outra esquina, Sofia desaba e para de correr:

– Não acredito!

– Calma, amiga... Não sei nem o que te dizer.

– Acabou! Eu e Jonas, nem amigos! Me faz um favor? Não fala mais nesse cara! Nunca mais!

– Mas, Sofia... Tem alguma coisa errada aí! O Jonas gosta de você!

Sofia dá uma gargalhada nervosa:

– Jura? Não parece! Olha, sabe do que mais? Preciso de um tempo. Até dos Invencíveis...

Não tocaram mais no assunto Jonas e Invencíveis. Se Sofia queria ser forte, Isa tinha que ajudar.

Jonas saiu do café satisfeito. Seu plano deu certo e ele usaria tudo que tinha nas mãos, ou melhor, no celular, no momento certo. Nem imaginava que Sofia tinha visto os dois e que ele estava entrando em outra enrascada.

Gênio não perdeu tempo. Já tinha até falado com tio Ed. Disse que precisava ver Julia. Queria passar uns dias em Tiradentes. No começo Ed achou um exagero, mas lembrou

– Julia, o santo! Eu já sei o que ele guardava! Era...

– Fica quieto! Tem assuntos que nem o telefone precisa escutar.

Gênio ficou chocado. Julia falou a mesma frase que ele tinha pensado momentos antes. Eram tão parecidos, ele achou. Mas Julia cortou seus pensamentos:

– O Simas desapareceu por causa disso! Ele é meu irmão, Gênio! Eu só queria proteger ele... Desculpa te envolver, mas eu não sei em quem confiar!

– Calma! Amanhã eu tô chegando aí e você me explica tudo!

– Você não pode falar pra ninguém, Gênio! É perigoso!

– Tarde demais, Julia! Um beijo!

E desligou o celular assim que viu o Sombra na porta da delegacia.

Era ali que Sombra trabalhava. Copacabana. Ele era historiador e um detetive a serviço da polícia, especializado em desvendar casos complicados ligados a roubos do patrimônio histórico. Gênio e Sombra, ou melhor, Carlito Abaruna, ficaram amigos depois de se tornarem piores inimigos. Sombra é o único que sabe tudo que os Invencíveis viveram, e também sabe guardar segredo. Não se falam sempre, mas podem contar um com o outro a qualquer hora. Gênio ficou ali esperando Sombra sair. E ele apareceu, tão sagaz como antes. Eles se viram. Sombra se despediu dos colegas de trabalho e já partiu para a orelha de Gênio, cochichando:

– Para você evitar subir na minha sala e me esperar na porta é porque tem algo que nem a polícia deve saber, não é, Gênio? Qual é a encrenca desta vez?

– Nada como a perspicácia de um detetive!

– E eu que sonhava com minhas férias semana que vem...

– Pode esquecer, Sombra.

– Aqui sou Carlito... Carlito Abaruna.

– Pra mim, Sombra. E eu preciso de você!

Sombra entendeu que era algo sério. Eles saíram em passos apressados. A conversa continuou do outro lado da rua, em um dos muitos bares da região:

– Dá pra me contar agora, Gênio, ou vai continuar com o suspense?

Gênio admirava Carlito "Sombra" Abaruna. Era bom observar como ele raciocinava. E Gênio não ia dar "o ouro ao bandido", quer dizer, as pistas todas de uma só vez. Ele gostava de ver Sombra se movimentando aos poucos, para seguir os passos dele e aprender com seu mestre, seu amigo.

– Olha isso aqui!

Gênio tirou da mochila o documento com o texto criptografado. Sombra pegou dois pares de luvas de plástico, vestiu uma e deu outra à Gênio:

– Nunca pegue em algo antigo sem proteção. Me deixa ver.

Sombra olhava com bastante atenção:

– Hum... Todo codificado. E muito antigo.

– Jura? Me diga algo que eu não sei, Sombra.

Sombra riu:

– E você tá cada vez mais esperto! Esse documento é parte de um cimélio! Sabe o que significa?

– Agora me pegou, Sombra.

– Um cimélio é um objeto raro e de muito valor. Pode ser uma joia ou, neste caso, um livro. Essa página é fragmento de um cimélio, e feita de papel de trapo, produzido a partir de trapos de linho. Muito antigo... Onde conseguiu isso, Gênio?

– Você pode decifrar esse código, Sombra?

– Você vai me contar o que está acontecendo, garoto?

– Me promete que não vai envolver a polícia!

– Eu sou a polícia, Gênio!

– Você é um historiador que trabalha para a polícia! Um detetive! E aqui, neste momento, você é o meu amigo de confiança. Ou isso, ou vou embora, Sombra!

– Ok, te dou minha palavra. Agora abre esse bico!

Gênio contou tudo, com as vírgulas e as interrogações. Falou de Julia, do episódio da igreja, do pássaro dourado e do desaparecimento de Simas. Sombra levantou a sobrancelha esquerda, sinal de perigo iminente:

– Bom... Temos então um mistério por trás desse trapo valioso. Caramba, Gênio... Isso me leva a algo muito maior! Lá no passado!

Gênio ficou intrigado.

– Não entendi! Dá pra me explicar?

– Lendas... São apenas lendas. Mas essa...

– Você acredita mesmo nessas histórias? Lendas são pura fantasia!

Sombra fez uma expressão estranha.

– "*No creo en brujas, pero que las hay, las hay*".

– Hã? Não acredita em bruxas, mas elas existem?

– Exatamente! Mas preciso pensar, Gênio. Essa história é muito séria. Você sabe o que algumas pessoas são capazes de fazer pra botar as mãos nisto aqui, não é?

Gênio sabia muito bem. Mesmo assim, não ia desistir nem de Julia nem do mistério que rondava esse enigma. Sombra tinha uma coleção de tiques de detetive. Um deles era parecer muito convincente:

– Eu vou ficar com esse trapo, Gênio! É muito arriscado você andando por aí com esse documento. Vale uma fortuna!

Gênio seguia os passos do mestre, e também sabia ser bastante convincente:

– Claro, acho ótima ideia! Já pensou se a polícia descobre esse documento com você? Suspeito, né?

– Não estou entendendo, Gênio! Eu sou o detetive Carlito Abaruna, lembra?

– Esse caso é extraoficial! Você vai mesmo envolver a polícia? Nessa investigação você é apenas o historiador Sombra! Lembra?

Sombra fechou a cara. Gênio estava certo. Não podia correr o risco de virar investigado pela própria polícia antes de saber a origem daquele manuscrito. Muito contrariado, Sombra tirou uma foto do papel de trapo com seu celular e o devolveu para Gênio:

– Guarda com cuidado! Tá armando um temporal daqueles. Chuva de verão. Uma gota de água e esse documento se desmantela!

– Pode deixar comigo! Te dou notícias!

– Eu também. Se cuida! A gente se vê em breve!

Gênio saiu rapidamente, sem imaginar a encrenca em que estava se metendo, e deixou Sombra ali, preocupado.

Outra pessoa que não fazia ideia da tempestade que estava prestes a cair era Sofia. Para ela, não tinha mais volta. Nem para os Invencíveis, nem para o Jonas. Só não teve coragem de sair do grupo no celular. Apenas silenciou. E foi para a praia. Aquele beijo de Jonas e Pat não iria derrubá-la. Botou seu biquíni mais colorido, prendeu o cabelo num rabo de cavalo estiloso e tratou de encontrar a galera da escola. Hora de encarar o grupinho de cabeça erguida. No verão, o Sol se põe lá pelas oito da noite, encostando no morro Dois Irmãos. Um espetáculo de cores. E a chuva ainda ia demorar um pouco.

A praia é um lugar superdemocrático. Cada pedaço de areia tem uma tribo, e se rolar de ir à praia sem companhia, tudo bem, sempre se encontra um conhecido, uma amiga, um vizinho. E foi o que aconteceu. Bastou pisar na areia e ele estava lá. Eric. Descolado, gatinho, amigo dos amigos da galera da escola. E o sorriso que ele deu quando viu Sofia valeu uns quinhentos *likes*. Ela sacou e devolveu o sorriso. Logo estavam no maior papo. Mas Jonas estava ali, entre eles. Na pergunta de Eric, e na resposta disfarçada de Sofia:

– Oi! Veio sozinha? Cadê seu namorado? Vocês estão sempre juntos...

Eric e Jonas curtiam ondas diferentes. Eric surfava e Jonas era craque no futebol. Não eram amigos, mas se conheciam de vista. Sofia não tinha certeza se Eric sabia do beijo entre Jonas e Pat. Achou melhor não comentar:

– Não tá rolando mais... Desencantei dele.

Eric também tentou disfarçar:

– Que *bad*.

E Sofia emendou a mentira:

– Nada. Tô numa boa!

E a resenha continuou. Falaram de tudo um pouco. Rolês preferidos, comidas prediletas, Sofia fez uma lista dos seus filmes e séries favoritas, e Eric fez uma lista de razões para surfar:

– ... A sensação é incrível! Vem. Eu te ensino!

Mas Sofia não estava pronta. Nem para subir numa prancha, nem para deixar rolar mais aquela conversa. Que por sinal, estava ótima. O céu ficou tomado de algodão-doce branco. Nuvens de chuva se aproximando rapidamente. Sofia achou melhor encerrar o papo:

– Valeu, Eric! Fica pra uma próxima. Vou nessa!

E saiu, deixando um sorriso e levando o sorriso dele. Mas Jonas continuava ali, dentro dela.

A noite chegou. Chuva torrencial. Forte e rápida. Ninguém pregou o olho. Cada um com sua razão. Julia sem saber de Simas; Isa, Jonas e Goma culpados por não se jogarem em mais uma aventura dos Invencíveis; Sofia, por não ser mais Invencível, e porque pensava em Eric... Mas sonhava com Jonas.

A mochila de Gênio ficou pronta em menos de cinco minutos: o *card* da espada medieval, duas calças jeans, algumas camisetas pretas e outras brancas, cuecas, um chinelo. E o trapo, muito bem embrulhado em plástico-bolha. Gênio teve tempo de sobra para um mergulho na internet. Lendas, ouro e Minas Gerais. Pegou o máximo de informações sobre Tiradentes. Logo cedo partiria com Ed, e não podia perder tempo. Precisava entender o que significava aquele monte de códigos indecifráveis do cimélio, e ajudar Julia a encontrar Simas.

Guardou as informações de que precisava e já tinha um ponto de partida em Tiradentes. Vasculhando a internet, ele entrou em um site curioso: Sebo Caminho do Ouro. Parecia de um sebo comum, com livros antigos, edições raras, mas, no pé da página, uma frase chamou a atenção de Gênio: "Se você tem coragem, venha nos visitar. Aqui as lendas são verdadeiras."

Gênio não iria recusar esse convite.

O Sol estava prestes a aparecer. Todos rolavam na cama, menos Gênio, que já seguia rumo a Tiradentes. E sem os Invencíveis, que agora eram um grupo desfalcado.

RIO DAS MORTES

A viagem pareceu muito mais curta do que da outra vez. Gênio nem sentiu as horas passarem. Talvez pela ansiedade de encontrar Julia, o tempo correu mais rápido do que parecia contar no relógio.

Tiradentes estava azul. Desta vez não era a Lua, mas o céu, sem nenhuma nuvem. A cidade foi aparecendo com seu casario colonial, casas baixas, telhas e chão de paralelepípedo. Lindo de ver. Gênio e Ed chegaram muito cedo. Depois de deixarem as mochilas na pousada, cada um foi para um lugar diferente. Ed sabia que Gênio estava louco para ver Julia, só não imaginava a razão. Ed foi dar uma volta, queria tomar um daqueles cafés coloniais maravilhosos, e investigar a história do sumiço das estátuas de Santo Antônio. Seria mais uma das tantas lendas da região? Ou apenas fantasia? Era o que ele queria descobrir.

Gênio correu para a casa dela. De Julia. Mas a vida é cheia de encontros e desencontros, e Julia a essa altura estava a caminho de São João del-Rei dentro da Maria Fumaça, uma locomotiva a vapor muito usada pelos moradores e turistas; na verdade, a locomotiva mais antiga em operação no Brasil. Talvez Simas estivesse lá pela cidade. Julia pensou que ele podia ter consertado um sino na véspera e, de tão cansado, dormido em uma das tantas igrejas que existem por lá. Era sua última esperança, e ela não queria pensar no pior. Na pressa, esqueceu de carregar o celular. Não tinha nem um suspiro de bateria.

Mesmo sem conseguir falar com ela, foi fácil para Gênio descobrir o paradeiro de Julia. Cidade pequena, e logo uma vizinha deu com a língua nos dentes. Gênio disparou para a estação e tratou de pegar o próximo trem para São João del-Rei. Na mochila, o valioso trapo e sua mensagem indecifrável. O passeio na Maria Fumaça é uma viagem de doze quilômetros pelo passado. A vagarosa locomotiva desliza pela estrada de ferro fundada em 1881 por D. Pedro II. Mas muito antes disso, em 1702, era fundada a Cidade de Tiradentes, quando os paulistas descobriram ouro nas encostas da Serra de São José. O trem estava vazio naquele horário. Gênio, sozinho em um dos vagões, não tirava os olhos da serra. Alguma coisa atraía a atenção dele. De repente a locomotiva desacelerou e Gênio ouviu uma voz mandando ele descer. Não era o maquinista e não tinha mais ninguém ali. A voz vinha de dentro dele, da intuição. E ele obedeceu. Ele era assim... Sabia escutar sua própria voz. Saltou o mais rapidamente que pôde e, quando se deu conta, estava na estrada, sobre os trilhos, e a locomotiva longe, sumindo em uma curva e deixando apenas um rastro de fumaça.

Gênio se embrenhou no mato sem saber o rumo, mas com a certeza de que tinha que seguir por ali. Depois de andar por um bom tempo, viu uma placa com a inscrição da Estrada Real. Logo sacou que aquele era o Caminho Velho do Ouro, uma trilha aberta oficialmente pela Coroa portuguesa para escoar ouro e diamantes tirados das Minas Gerais e levar até os portos do Rio de Janeiro, para depois embarcarem para Portugal. Gênio seguia a estrada e o instinto. Entrou numa trilha de pedras desiguais e sacou que aquela era a Calçada dos Escravos. O caminho tinha esse nome porque as pedras foram colocadas ali por homens escravizados na época do Brasil colonial. Sim, ele pensou no quanto nossa História foi feita de opressão e dor. Ninguém conquista nada escravizando outras pessoas, e cada passo dado por Gênio foi um momento de reflexão e tristeza. O GPS do celular não pegava, mas Gênio tinha gravado na memória um retrato de cada lugar que pesquisou na internet. Não sabia a direção em que estava indo, mas sabia mais ou menos onde estava: no meio do nada. Mato de um lado, mato do outro, diante daquela gigante formação rochosa, a Serra de São José. Ele, pequeno diante de tanto espaço.

Totalmente opostos estavam Jonas, Isa e Goma, apertados no quarto de Isa. Ela acordou chateada e logo chamou os meninos para um café. Isa não conseguiu dar um bom-dia a Jonas. Ele achou que era o mau humor matinal da amiga, nem imaginava que ela queria pular no pescoço dele. Isa resolveu deixar a DR do encontro dele com Pat para depois. A intenção daquele café da manhã não era discutir a relação com Jonas, nem comer pão, queijo e tomar suco de laranja. Isa queria mesmo juntar o grupo novamente. Ela falou, falou, falou e, no final, fez uma pergunta direta:

– Eu tô supermal, e vocês? Acabamos? É isso mesmo?

Goma e Jonas sentiam a mesma coisa, mas foi Jonas quem abriu a boca, porque Goma estava ocupado mascando um chiclete de sonho, mas com recheio de ovos com bacon e geleia de tamarindo. Uma iguaria nada apetitosa.

– Pô, Isa, também tô péssimo! Tipo, a gente não pode deixar o Gênio nessa roubada sozinho!

– Também acho, Jonas! E você, Goma?

– Querem saber? Concordo! Tô dentro!

E Isa continuou:

– Então partiu Tiradentes! Ainda dá tempo da gente se juntar de novo!

A primeira pessoa em quem Jonas pensou foi na sua namorada, agora ex:

– Mas e a Sofia? Tenho uma coisa importante pra mostrar para ela!

E Isa desabafou:

– Cara, melhor você nem tentar! Sobre Sofia, eu e você falamos depois! Vai ser a nossa DR. Aqui somos os Invencíveis.

– Eu posso provar... Que não tive intenção daquele beijo! Eu...

Isa cortou, como uma faca afiada:

– Agora, Jonas? Fica pra depois!

Hora de fazer as malas para a viagem. Goma encheu a mochila com os chicletes da sua coleção. Achou uma goma rara, peça de colecionador. A embalagem dizia que a goma tinha o poder de visão do lagarto *Tarentola chazaliae*, campeão em visão noturna em cores, e ainda extrato de asa de morcego, animal com superaudição. Não parecia gostoso, mas poderia ser útil. Esse chiclete, ele guardou com atenção.

Isa separou meio armário. "Nunca se sabe o que pode ser útil", ela pensou e encheu a bolsa com um pouco de tudo. A mochila de Jonas tinha peças básicas, menos o *card* da espada medieval, que ainda era seu talismã, e agora estava com Gênio.

E partiram, Invencíveis desfalcados, sem Sofia, sacolejando em um ônibus.

Sofia acordou e foi para a praia. Sabia que tinha onda e, quando o mar tem onda, tem surfista, e quando tem surfista, Eric está entre eles. Logo que chegou às areias do Leblon, viu o mar gigante e uns pequenos corajosos depois da arrebentação. Vários surfistas, entre eles, Eric. E como se pressentisse, ele pegou um tubo incrível e chegou até a areia. Sofia estava ali, com a canga estendida na beira do mar:

– Oi... Uau, que tubo, Eric!

– Tô com muita sorte hoje! Peguei altas ondas e quando saio da água, vejo você aqui! Tudo bem?

– Ótimo! Topa me ensinar a surfar? Na beirinha?

E assim foi a manhã deles. Enquanto os Invencíveis estavam na estrada, Sofia encarava novas ondas. Foram várias tentativas para conseguir ficar em pé, na prancha, mas finalmente conseguiu. E a sensação foi maravilhosa. Liberdade, coragem, superação. Ela deslizou, flutuando no mar. E abriu os braços, feliz, até cair na espuma. E Eric estava com ela nesse momento:

– Sofia! O que eu te disse? Não é demais?

Ela estava tão leve que apenas sorriu e deixou Eric se chegar. E eles se beijaram. Um beijo com sabor de água do mar, liberdade, e mais nada. Um beijo apenas.

Gênio seguia... Logo estava diante de um rio. Seu cérebro correu para a pesquisa da noite anterior. Sim, era o Rio das Mortes.

Parecia um curso de água como tantos outros, mas esse rio carregava uma história sinistra. Esse lugar foi testemunha da Guerra dos Emboabas, um episódio sangrento da História do Brasil pela disputa do ouro de Minas Gerais. Uma luta entre os bandeirantes paulistas e os emboabas, como eram chamados os portugueses e forasteiros. Os bandeirantes, liderados por Borba Gato, queriam o direito ao ouro descoberto nas Minas Gerais, porque chegaram primeiro. Já os emboabas, liderados por Manuel Nunes Viana, não aceitaram. E diante desse impasse, aconteceu, entre tantas batalhas, um conflito às margens do Rio das Mortes, que ficou conhecido como Capão da Traição. Muitas pessoas morreram. Gênio leu sobre esse confronto sangrento, ainda terrível e obscuro, rodeado de mistérios. Ele sabia exatamente onde estava: andando sobre essa parte da nossa história. E ele seguiu até encontrar o que queria. O sebo.

Quem tem claustrofobia jamais botaria os pés ali. Quase invisível, a casa estava tomada por folhas de hera, uma trepadeira verde-musgo. A hera ia das paredes ao telhado, num camuflado perfeito. Dentro não era menos estranho: teto baixo, escuro e uma poeira fina pairando no ar. Na verdade há muito pouco oxigênio circulando entre as estantes apertadas e amontoadas de livros antigos. Mas, para Gênio, o líder dos Invencíveis, qualquer biblioteca ou sebo, quanto mais sinistro, melhor. E esse lugar não ficava atrás de um típico filme de suspense, só faltava a trilha sonora. Tirando o barulho irritante que um senhor fazia com a garganta, o silêncio era gritante. Parecia que o homem estava com uma abelha presa na traqueia, pensou Gênio, enquanto folheava um livro de capa dura sobre lendas de Minas Gerais. Entre um pigarrear e outro, o senhor de careca brilhante andava por entre os estreitos corredores com um olho nos títulos, espalhados sem critério, e outro no garoto. De repente, ele se aproximou direto como uma flecha no alvo:

– Gostou do livro?

– É... Parece curioso.

O senhor insistiu:

– Você está interessado nesse livro?

E Gênio, intrigado com aquele homem, respondeu com outra pergunta:

– E o senhor? Está interessado no meu interesse?

– Prrrr... Você acredita nelas?

Gênio olhou para a careca que tinha um certo tom alaranjado e para o nariz avantajado, mas, sem se fixar, voltou para a capa do livro:

– Lendas? Não. Nem um pouco.

– Que pena. Minas Gerais tem uns causos muito interessantes. Prrrr...

Gênio estava mais incomodado com o som que o senhor fazia com a garganta do que com a conversa dele:

– Desculpa perguntar, mas esse "prrr" que o senhor faz é involuntário? Um tique?

Nesse momento o rosto do homem se transformou. A aparente simpatia deu lugar a um semblante carrancudo e sombrio:

– "O ouro faz o homem rude."

– Hã? Foi mal. Não quis ser rude com o senhor...

– Não estou falando de você, garoto. E não, não tenho nenhum tique, mas uma garganta arranhada pelo tempo. Muito tempo...

– Ah, claro... Então por que o senhor disse "o ouro faz o homem..."

O senhor nem deixou Gênio terminar:

– Não fui eu. A frase é de um jesuíta que esteve por estas bandas... há muito tempo. E sobre as lendas... Quem sabe você muda de ideia? O livro é seu! Faço questão.

Gênio não teve como recusar o presente. Aceitou sem entender o motivo daquela conversa e se sentiu intrigado. Mas achou melhor deixar as perguntas para depois de ler o livro.

– Obrigado, senhor... Qual o seu nome?

O homem pigarreou forte...

– Prrrrr... Ali... Canto – falou e, em seguida, fechou a cara.

Gênio deixou para lá. Acenou com a cabeça em agradecimento, seguiu em frente. Depois de caminhar alguns quilômetros, Gênio se deu conta de que já estava de volta à cidade. Cheio de perguntas sem respostas. Torcia para encontrar Julia logo e decifrar seus segredos.

Jonas, Goma e Isa olhavam Tiradentes pela primeira vez. Estavam encantados. Queriam encontrar Gênio logo, mas o buraco no estômago foi mais urgente. Eles guardaram as mochilas na pousada, a mesma em que Gênio estava hospedado, e correram para o banquete mineiro. Famintos. Era hora do almoço e ninguém resistiu à gastronomia mineira. Feijão tropeiro, aipim, quiabo, couve e torresmo. Ah, fora o frango caipira, que fez Goma quase perder a linha e repetir três vezes o prato. Pela comida, podemos conhecer muito da história de um povo, de um lugar. Essa culinária tradicional mineira é da época do Brasil colônia, influenciada pelos portugueses, indígenas e africanos. Uma mistura de sabores que deu origem a uma das mais saborosas cozinhas brasileiras. Goma, depois de encher a pança, estava se achando PHD em Minas Gerais:

– Tô mineirin...queria uma redin, pra deitar um pouquin...olhar pros morrin...

Gênio, por sua vez, perdia a fome diante de um enigma: "O almoço pode ficar para amanhã", pensou enquanto chegava de volta à cidade. A primeira coisa que fez foi largar o dedo na campainha da casa de Julia. Nada.

Depois de quase acabar com o toque estridente da campainha, deixou um bilhete na porta. Dizia apenas "Cheguei. Te vejo lá. Vc sabe onde. Gênio".

Enquanto isso, Ed andava pelas ruas atrás de personagens para sua pesquisa. Então Gênio se viu sozinho, pensando naquele sebo, no livro e naquele senhor esquisito. O livro de capa dura. Marrom-escuro com letras douradas. Óbvio que era um livro antigo, mas não parecia raro. Aquele senhor careca e de cor alaranjada não saía da sua cabeça. Senhor Ali Canto... Na verdade, eram as palavras que ele pronunciou entre os pigarros: "O ouro faz o homem rude"... Gênio esperava por Julia, contando os segundos.

Mesmo com iluminação natural, o interior da igreja estava escuro, porque as janelas e portas estavam fechadas. Foi um encontro esquisito. No mesmo lugar, na torre da igreja.

Mas sem clima romântico. E sem Lua azul. Gênio não queria nenhum beijo, não por enquanto. Ela chegou toda carinhosa, abraçando ele, mas Gênio queria uma explicação:

– Julia, espera! Fala tudo que você sabe!

– Nossa! Eu achei que a gente tava junto!

– E estamos! Numa missão! Vai, me fala o que você acha que aconteceu com teu irmão?

Julia se encolheu. Não ganhou o abraço, mas sacou que tinha um aliado. Isso, às vezes, é melhor que um abraço:

– Você sabe o que significa "santo do pau oco", Gênio?

Gênio tinha resposta para tudo. Mesmo chutando:

– Quando a gente quer falar de alguém falso, que se faz de bonzinho!? É isso?

– Muito além disso... me escuta! Na época do Brasil colônia, todo ouro arrecadado nas Minas Gerais era cobrado pelas casas de fundição, ou seja, Portugal!

– Não tô entendendo... o que isso tem a ver com o...

– Calma! Deixa eu explicar: as casas de fundição recolhiam o ouro, transformavam o metal em barras e cobravam um imposto chamado de "quinto". Para não entregar para as casas de fundição, e não pagar nenhum imposto com o ouro tirado das minas, os espertos escondiam ouro em pó dentro de estátuas de santos! E mandavam para Portugal os santos recheados de ouro, para disfarçar. Sacou?

– Hum, por isso a expressão santo do pau oco?

– Sim. Minha família, meus antepassados vivem aqui desde que a cidade de Tiradentes existe! E uma lenda ronda nossa família desde sempre...

A expressão de Gênio mudou.

– Como é que é? Lenda?

– Gênio, eu estou tão tonta quanto você! Soube disso tudo há pouco tempo. Meu irmão me contou que existe uma lenda, contada desde que o tataravô do meu tataravô morava aqui. Foi passando de pai para filho até chegar no meu irmão, o Simas.

– Lenda? Me explica, caramba!

Julia falou com propriedade:

– Meu pai desapareceu quando eu era só uma criança. Ninguém nunca soube dele. O pai do meu pai também, um dia simplesmente sumiu. Meu bisavô, meu tataravô, todos eles tiveram o mesmo destino, desencantaram... De repente. E todos eram sineiros, desde o tempo do Império, até antes... Parece uma maldição que ronda a minha família. Meu irmão cuidou de mim, mas sempre teve seus segredos.

– Mas, e sua mãe? Sua avó?

– Nunca souberam o que aconteceu. Se calaram na tristeza. Minha vó morreu com cem anos, esperando meu avô voltar. Minha mãe segue do mesmo jeito, sem gosto pela vida... não fala desse assunto.

Gênio estava cada vez mais atento, e nem ousou interromper Julia com as milhões de perguntas que surgiam em sua cabeça. Ele apenas prestava muita atenção. E Julia seguia, as palavras pareciam pular da sua garganta:

– Um dia, eu acordei apavorada pensando que tudo iria se repetir: Simas também ia desaparecer e eu e minha mãe ficaríamos sozinhas... Meu irmão me prometeu que não ia acontecer nada com ele... Mas, a cada dia ele ficava mais nervoso, e eu em pânico, sempre esperando ele voltar do trabalho, agoniada, até que... ele resolveu me contar tudo!

A cabeça de Gênio estava dando um nó cego: um emaranhado de palavras desconexas:

– Santo... sino... ouro... cimélio... Explica, antes que eu dê um *boot* no meu cérebro!

– Presta atenção, Gênio. O Simas me disse que aquela estátua de Santo Antônio que te dei é a chave para encontrar a mina mais valiosa dessa região. Ouro, muito ouro escondido. Meus antepassados desapareceram tentando proteger esse lugar. Os desbravadores encontraram o ouro de aluvião no leito do Rio das Mortes. Esse lugar virou uma terra de gananciosos. Todos atrás da riqueza. Se tinha ouro no leito do rio, certamente teria alguma mina dourada, oculta na região. Gênio, o enigma está dentro da estátua, e meus ancestrais escondiam esse Santo Antônio em lugares diferentes para proteger a mina. Como se fosse um destino, uma predestinação da nossa família. E esse segredo foi passando de pai para filho... Só sei isso! Meu irmão me contou onde escondeu a estátua, lá no alto da torre. Acho que ele estava com medo, correndo perigo! Lembra que ele apareceu na Igreja?

– Claro! Eu fiquei escondido. E odiei!

– Eu sei! Mas, eu tive uma intuição e te dei a estátua. Tava certa! Meu irmão sumiu na manhã seguinte. Ou seja, tem gente atrás desse tesouro! O Simas estava em perigo, e sabia!

Ela parecia falar a verdade. E não tinha por que Gênio desconfiar de Julia.

– Julia, eu sei o que tinha dentro da estátua. Um papel de trapo. Um cimélio...

– Gênio, é isso! Esse trapo aí tem tudo a ver com a história do santo de pau oco, com essa mina escondida! Só quero achar o Simas. Várias minas ainda são exploradas em Minas Gerais, e dizem que um ser, algo, busca a mina mais valiosa da região... e se alimenta do ouro... Há séculos. O que tá escrito no documento?

– Não sei o que significa. Ainda. Está guardado comigo.

Nesse instante, um *déjà vu*. Parecia que a cena estava se repetindo. De novo uma luz de lanterna entrava pela Igreja, mas desta vez silenciosa. O olhar de Julia revelou o pavor que estava sentindo. A lanterna espiava cada buraco daquele lugar. Passos firmes. Gênio e Julia mal respiravam. De repente, um som invade a nave da Igreja: prrrrrrrr. E mais um, e outro. Vinha de uma garganta arranhada. Precisavam sair dali antes que ele os visse.

Agora Julia não pediu que Gênio esperasse. Os dois precisavam sair dali, e rápido. Pularam de dois em dois os degraus da escada em caracol que descia da torre e se agacharam na nave, atrás do altar da igreja. O barulho da garganta aumentava de volume, e os passos do homem ficavam mais próximos. Gênio e Julia se olharam e se esconderam. Eles viam a luz da lanterna percorrer o altar, a centímetros deles, mas estavam embaixo do aparador onde o padre da paróquia rezava a missa, e escondidos atrás da pesada toalha vermelha que ia até o chão e cobria o aparador. Os dois mal respiravam, até que o homem seguiu em direção à escadaria que leva à torre e subiu, deixando o rastro da luz da lanterna na nave e o som arrastado da garganta. Gênio reconheceu aquele homem imediatamente.

Eles fugiram dali, ganhando as ladeiras de Tiradentes. Gênio, mesmo ofegante, respirava e falava ao mesmo tempo:

– Vamos para um lugar seguro!

Já no quarto da pousada, finalmente Gênio e Julia podiam conversar. Só que não... O silêncio deu lugar a um falatório no corredor que fez Gênio arregalar os olhos. De novo, ele reconheceu o som, só que agora das bolas de chiclete estourando:

– Ploc! Caraca, comi demais! Esse chiclete digestivo de chá de boldo é horrível, mas sem ele vou explodir! Ploc!

– Também, você comeu dois pratos de frango e seis de torresmo!

– Para de pegar no meu pé!

Gênio olhou para Julia:

– Os Invencíveis! Eles estão aqui!

Julia não entendeu nada:

– Quem?

– Goma! Isa e...

Nesse instante, Jonas abre a porta do quarto e dá de cara com Gênio e Julia. Gênio continuou a frase:

– E Jonas!

– Sabia que ia te encontrar aqui, Gênio! A recepcionista disse que vocês acabaram de chegar! Prazer, sou...

Julia interrompeu, antipática:

– Jonas, eu escutei.

Jonas continuou tentando quebrar o gelo:

– Você é a Julia, acertei? Gênio me falou de você.

Julia se enfureceu de vez.

– Eu te pedi segredo, Gênio!

Jonas ficou bem irritado:

– Acho que o Gênio esqueceu de dizer que entre os Invencíveis não há segredos... Vou pro meu quarto. Só pra você saber, Julia, ainda falta conhecer o Goma e a Isa. Ah, eles também ouviram falar de você. E mais: a gente tá aqui por sua causa, garota. Tchau.

E saiu com a mesma rapidez com que entrou. Só ficou o barulho da porta batendo, e o silêncio entre Gênio e Julia.

– Fui grossa... Eu sei. Mas é que eu estou...

Gênio se apressou em interromper:

– Nervosa, ok. Mas, nada como usar a palavrinha mágica "desculpa" pra ficar tudo bem. E não para mim, mas para o Jonas.

Gênio tinha razão. Julia não queria causar uma impressão ruim:

– Vou falar com ele, Gênio. Vou agora!

E saiu apressada.

Mas... Jonas já tinha soltado o verbo, ou melhor, o veneno, no outro quarto:

– Isa, se liga nessa: a tal Julia é igual a você. Não tem freio na língua... E Goma, prepara os chicletes de sossega-leão, porque o clima vai pesar.

JOGO DE GATO E RATO

O som da batida na porta estremeceu as paredes. Uma pancada seca. O velho entrou, bastante irritado, e sua garganta arranhava ainda mais:

– Prrrr. Não havia nada lá! Aquela era a última igreja onde faltava procurar. Onde está a estátua? Prrrr...

– É apenas uma lenda! De tantas! Histórias criadas pelos antigos!

– Olha pra mim, seu desgraçado! Eu sou uma lenda? Sou real! Aprisionado nessa maldição!

– Como posso te ver se estou vendado desde que você me sequestrou?

E foi nesse instante que Simas viu a lenda tão ancestral da sua família virar realidade diante dos seus olhos descobertos.

Era um pássaro. Enorme. Garras e bico afiado, olhos de ódio e penas de ouro.

– Você é mesmo real?

Simas estava em choque e tentava a todo custo se livrar das amarras:

– Foi a sua ambição que destruiu minha família! E a sua vida!

Nesse instante, o monstro retomou sua forma humana novamente. Simas sentiu a mão pesada do velho na sua cabeça. Um cascudo e tanto. E a venda de novo, tampando sua visão. Não podia reagir. Estava amarrado, pés e mãos, sentado no chão de um cubículo escuro. O velho insistiu:

– Eu vi sua irmã na igreja de Santo Antônio com um moleque que esteve aqui, mais cedo. Aliás, dei um livro pra ele. De propósito. Me pareceu um garoto curioso, atrás de encrenca. Meu tempo está acabando! Talvez eles saibam de algo. Vou ter uma conversinha com os dois.

Simas suou frio. Até então, estava corajoso, mas saber que Julia corria risco o deixou em pânico. E pior, Julia mentiu para ele quando disse que foi à igreja atraída pela luz da Lua azul. E quem era o tal garoto que estava com ela? Simas se rendeu para proteger a irmã:

– Vamos acabar logo com isso. A estátua está escondida no sino!

A careca ficou mais laranja, suada e quase dourada... a raiva tomou conta dele:

– Qual sino? Tem centenas nessa região! Eu preciso saber o lugar dessa mina de ouro! Antes que...

Simas cortou o velho:

– TIC-TAC... Seu tempo está se esgotando...

Outro cascudo, desta vez de fazer galo cantar: Simas apagou.

Na pousada, Julia entrou no quarto sem bater na porta, seguida por Gênio. Encontraram Jonas, Goma e Isa, furiosa, falando dela:

– Se ela quer treta, vai ter! Essa Julia que não pense que vai causar com a gente!

Ela parou diante deles. Séria. Isa não acusou o golpe e continuou:

– E aí? Vai chegar certo, agora? Sabia que a gente tá aqui por sua...

Isa nem conseguiu terminar, Julia interrompeu, suave:

– Me desculpem. Jonas, eu mandei muito mal com você. Fiquei assustada. Isa, não vou tretar com você! E, Goma, oi... Só não entendi ainda por que vocês estão aqui com o Gênio. O meu irmão sumiu, e...

Gênio interrompeu de pronto:

– Essa conversa não pode acontecer aqui! Paredes têm ouvidos, e meu tio Ed pode chegar a qualquer momento. Além disso, eu acho que tem alguém me seguindo!

Julia cortou com firmeza e rapidez:

– Você tá certo. Vamos para o meu QG!

Todos pensaram ao mesmo tempo: "Ela tem um QG? Ela parece uma Invencível!"

Nos fundos da casa de Julia havia um cemitério de sinos antigos. Descartados em algumas obras de restauração, viraram herança da família dela, e Simas os preservava e cuidava deles com todo o seu amor. Cada sino tinha o nome de um desaparecido. Avô Bondo, Bisavô Zinga... E o sino mais antigo: João Antonil. Cada um representava uma história, ainda de mistério, mas que estava perto de ser desvendada.

Estavam todos ali, Gênio, Goma, Isa e Jonas, cercados de sinos velhos.

Julia contou tudo sobre a lenda do pau oco e sobre a mina de ouro perdida. Todos ouviram com atenção, respeito e olhos arregalados. Quando Julia terminou, Gênio assumiu seu papel de líder:

– Julia, está na hora de você saber quem somos nós, os Invencíveis.

Gênio não poupou palavras, contou das aventuras. Do mistério no Museu Imperial, do fantasma da princesa Leopoldina, do segredo da deusa Tétis, da busca pelo tesouro perdido na Ilha dos Amores, de D. João VI.

Julia estava realmente impressionada! Ela pensou, com os olhos arregalados: "Espia só que galera da hora! Corajosos!". E, logo depois, ela se emocionou quando Gênio falou da amizade deles, e falou de Sofia. Dava para sentir saudade na voz dele quando falou dela. E essa saudade se estampou no rosto de cada um deles. Depois foi Julia quem não se conteve:

– Precisamos trazer essa Invencível de volta! Sofia!

Isa olhou para Jonas e não se aguentou:

– Impossível ela voltar! Não é, Jonas?

Jonas queria falar, mas não era hora, ainda, de revelar o seu segredo guardado no celular. Ele apenas se permitiu uma frase:

– Nada é impossível, Isa, quando a gente acredita na verdade e pode provar!

Silêncio. Julia percebeu que ainda havia algo a ser dito e tratou de quebrar o clima:

– Vou buscar uns canudinhos de doce de leite! Vocês conhecem? Receita do Chico Doceiro. Ele era um mestre em adoçar corações. Já volto!

Julia saiu. Gênio aproveitou e pegou a palavra. Era muita informação para Julia em um dia só, melhor ir aos poucos:

– Tem outra pessoa nesse mistério.

Os três se arrepiaram, Goma eletrificou sua cabeleira cacheada:

– Você tá falando... Dele?

Isa acrescentou:

– O historiador?

Jonas quase gritou:

– O policial?

Gênio conteve os ânimos:

– Sim! Mas com a gente ele é apenas o Detetive Sombra! Aposto que o Sombra vai nos trazer pistas importantes! Vocês ainda não sacaram a parada que rola entre nós?

Isa odiava ser desafiada:

– Não, líder supremo, explica antes que eu me canse!

Gênio explicou com sua calma, mesmo que só aparente:

– O Sombra, quer dizer, o Carlito Abaruna, é sim um detetive que trabalha para a polícia, desvendando roubos de bens do patrimônio histórico, mas nós, os Invencíveis, somos uma fonte para ele! Ele ganha prestígio quando desvenda um caso, e nós continuamos anônimos! Na boa, ele precisa da gente, e a gente dele!

Gênio estava certo. Sombra devia muito aos Invencíveis. Pela amizade e também pelos tantos casos que chegaram às mãos dele e fizeram de Sombra um exímio caçador de relíquias e alguém com prestígio na polícia. E ele era esperto demais para queimar suas fontes. Ele queimaria junto.

Falando nele...

Carlito não queria perder tempo. Bárbara abriu uma exceção enorme: deixar Sombra pesquisar os livros raros da Biblioteca Nacional depois do horário formal. Coisa de ex-namorada e ex-namorado bacana. De quem se gosta, ainda, e quem sabe pode ensaiar uma volta. Ela trabalha na seção de livros raros. Bárbara é apaixonada por história, foi isso que deu *match* no primeiro encontro deles. Depois descobriram mais afinidades, como amar filmes antigos, ler vários livros ao mesmo tempo, fazer macarrão em casa, ouvir blues... e assim namoraram por alguns anos. Acontece que Carlito quis juntar os livros numa mesma estante, numa mesma casa, e Bárbara, não. E se afastaram.

A relação termina, mas a amizade continua. Será só isso? Bárbara quis provocar:

– Jura que você não juntou sua estante de livros com outra, Carlito? Depois de tanto tempo ainda está solteiro?

– Sim... E você, Bárbara?

– Topa um café, depois daqui? Ou quem sabe uma massa? Lembra do meu ravióli?

Sombra não podia perder o foco, olhava fixamente para a foto do cimélio no celular:

– Topo! Mas antes eu preciso entender o que é esse documento, B!

Bárbara puxou o celular e olhou com atenção. Muita atenção:

– Hum. Um cimélio.

– Isso eu já sei, minha querida.

– Criptografado!

– Também sei, agora me diz algo que eu ainda não...

Bárbara cortou, quase aos berros:

– Meu Deus!

– Continuo sem ver o que você está vendo, Bárbara!

– Me diz você, Carlito! O que estamos procurando?

Em letras mínimas, e quase invisível aos olhos distraídos, ali estava o mais importante, o caminho, a assinatura, rasurada pelo tempo, mas legível aos olhos atentos. Bárbara não se conteve:

– Olha! Anônimo Toscano!

Sombra ficou com um olhar de vácuo:

– Quem?

– Não! Vai dizer que nunca ouviu sobre ele?

Sombra se irritou de vez, era parte de sua personalidade vaidosa:

– Você é especialista em raridades. Eu não! Sou só seu ex... namorado!

Já no café, Bárbara contou sobre esse personagem interessante e obscuro da História do Brasil: Anônimo Toscano.

– Ele foi Giovanni Antonio Andreoni, que adotou o nome de André João Antonil... Ou Anônimo Toscano!

– Nossa, era mais que bipolar. Tripolar! Me explica, por favor. Quem foi esse cara? Ou esses três!

Bárbara, uma empolgada pela História, depois de três cafés expressos, soltou a língua:

– Um jesuíta italiano que, segundo alguns registros, veio para o Brasil com o padre Antônio Vieira em 1681. Ele escreveu sobre nosso país. Publicou um livro chamado *Cultura e opulência do Brasil por suas drogas e minas*. O relato tinha quatro partes. Segundo historiadores, ele escreveu sobre o Brasil até 1710. O livro é considerado o melhor que se escreveu sobre as condições sociais e econômicas do Brasil no início do século XVIII.

– E o que isso tem a ver com esse cimélio?

– Ah, meu caro! O livro de Antonil, ou seu pseudônimo, Anônimo Toscano, porque ele nasceu na Toscana, em Lucco, dizia tudo sobre como era a vida naquela época, falava da escravidão com detalhes, da crueldade sofrida pelos escravizados, e até onde estavam as minas de ouro das Gerais!

Sombra verteu um expresso em um gole só:

– Meu Deus! Com endereço e CEP? Das minas?

– Exatamente! Mas, na época, Portugal, quer dizer, D. João V, proibiu a impressão do livro. Ele mandou destruir tudo para não dar literalmente ouro ao bandido! Segundo nós, historiadores, só existem, de uma segunda edição de 1837, e talvez incompleta, dois exemplares aqui na Biblioteca Nacional, e alguns outros, raros, perdidos pelas bibliotecas do mundo.

– Então, o que eu tenho nas minhas mãos?

– Carlito! Ouro! Um tesouro! Acho que esse cimélio faz parte da primeira edição, original! Uma página única que alguém tirou, guardou... pode ter sido até ele, sei lá... porque Antonil fez questão de deixar seu pseudônimo! E esse código pode ser o endereço de uma mina cheia de ouro! Seu verdadeiro nome é João Andreoni, mas ele, esperto, usou Antonil.

O documento tinha mais do que uma assinatura. Antes da confissão do autor, havia um texto truncado, cheio de metáforas, os números estavam embaralhados, mas tinha algo ali muito significativo. Bárbara puxou de volta o celular e leu de novo, impaciente, em voz alta, o que estava naquele documento junto com os números:

O OURO FAZ O HOMEM RUDE. CAPÃO. NO MAPA DA MINA, O RIO SE TORNA VERMELHO NA TRAIÇÃO, E O BRILHO DO METAL, OFUSCADO PELA GANÂNCIA. TRISTE EPISÓDIO. SÓ O JUSTO A ACHARÁ E PROTEGERÁ.
VÓS SEREIS POBRES ALMAS.

E ela começou a recitar um código numérico:

L1: 19/20
L2: 6/15/31/39/44
L3: 6/10/25/28/29
L4: 1/2/3/4/5/6/13/16

Sombra ouviu com atenção, mas estava longe de desvendar o enigma:

– Isso aqui é um registro do lugar... longitude e latitude, será? Mas falta uma coordenada.

Bárbara pegou uma folha de papel em branco e, com uma caneta, furou pequenos quadrados de acordo com os números escritos no trapo. Sombra apenas observava:

– O que você tá fazendo?

– Meu querido! Decifrando o código! Acredita que eu brincava disso quando era criança? Olha! Linha um, vou furar o meu papel contando os espaços das letras... Agora assim com a linha dois e três...

Sombra ficou estupefato com a sagacidade dela.

– Meu pai mudava as letras para números, e eu, quando acertava, ganhava sorvete! É só colocar os buracos da página em cima dos espaços e a frase se forma!

– E o que as palavras formavam pra você ganhar sorvete do seu pai?

– Eu te amo...

Silêncio. Eles apenas se olharam, e estava dito. Bárbara colocou o papel em branco com os quadrados vazados sobre o documento e... as letras, juntas, fizeram sentido.

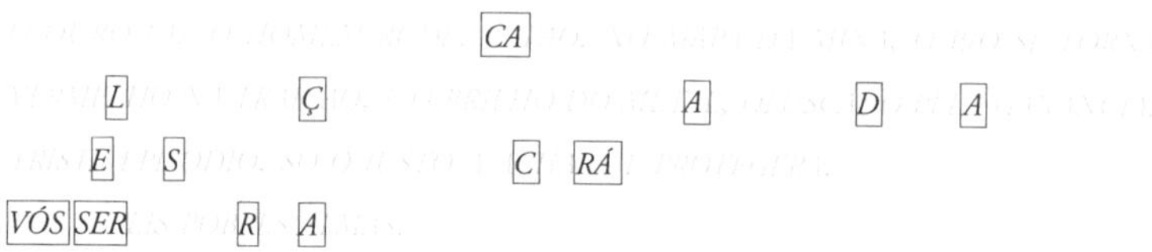

CA

L Ç A D A

E S C RÁ

VÓS SER R A

CALÇADAESCRAVOSSERRA

Calçada Escravos Serra.

Bárbara não parava de chorar. De emoção. É assim mesmo quando vemos a História se revelando diante de nós. Ali estava uma grande descoberta, mas ela teria que esperar por Carlito.

Carlito estava passado! Bege e imóvel! Do seu passado, restava a lembrança de um Sombra que ele não queria rever. Errou muito, mas fez uma amizade com o grupo que salvou sua vida de alguma maneira. Ele devia muito a Gênio e aos Invencíveis. Era hora de agir:

– Não fique assim. Prometo que esse documento será parte do seu arquivo. Te devo isso, Bárbara! Me espera que eu volto.

Eles se despediram com abraços de desejos futuros. Ainda não era o fim dos dois.

Do outro lado da cidade, Sofia stalkeava os Invencíveis. Descobriu que estavam em Tiradentes. Todos, menos ela... Era noite. Eric deixou algumas mensagens no celular: pizza? Cinema? Praia amanhã?

Ela não respondeu. Não dava para se enganar. Estava sentindo falta de Jonas. E raiva. Como pode acabar assim? Achou melhor ver uma série, daquelas que fazem chorar "porque aí disfarça nossa dor", mas, antes, viu que horas partia o próximo ônibus para Tiradentes. Tinha uma coisa nela, Invencível, que não a deixava quieta.

E Sofia partiu para a praia, cedinho. Lá estava Eric se alongando para desafiar as ondas. Quando ele viu Sofia chegando, levou um susto:

– Oi... Tentei falar com você ontem...

– Eu vi! Só consegui te responder agora.

– Que mochila é essa? Vai viajar?

Sofia respirou fundo. Sentiu o ar puro enchendo seus pulmões de coragem:

– Eric... essa mochila ainda leva uma história que eu tenho que resolver.

Eric não tinha nada de bobo:

– Eu sei, gata! Tá tudo bem. Vai, garota! E lembra de respirar fundo quando a onda quebrar! Pensa que é só uma série. Depois o mar se acalma!

Eles deram um beijo cheio de carinho e cada um partiu para sua praia.

Sofia precisava olhar nos olhos de Jonas. Nada de carregar o peso de histórias mal resolvidas. Uma vez, ela viu um filme que mostrava a vida de um homem que arrastava correntes presas nos pés, e por isso ele andava devagar. Acontece que só ele enxergava as correntes, elas eram na verdade um monte de fins e conversas mal resolvidas. O homem estava preso ao seu passado. Sofia não queria arrastar nada que limitasse seus movimentos futuros.

Sofia no ônibus. Estava anoitecendo. Tiradentes no seu lusco-fusco.

Em Tiradentes, Simas despertou com o galo cantando. Mas como galos só cantam ao amanhecer, ele sacou que era sua cabeça latejando. Sozinho. Apavorado. Alicanto tirou a venda dos olhos dele, como se quisesse mostrar seu desprezível espetáculo. E... mesmo no escuro, ele viu, quase sem acreditar, a transformação... A maldição de um homem, refém da cobiça, arrastando sua corrente eterna. A luz dourada tomou conta do lugar. O som era de dor, um gemido agoniante... E de repente o escuro tomou conta e o dourado sumiu, como um encanto. Uma pena dourada caiu em suas mãos. Simas entendeu tudo em um segundo. Chorou como uma criança. Estava prestes a desaparecer, como todos os seus antepassados. Era tudo verdade! Maldita hora em que tentou capturar o pássaro. Foi ele o capturado. Só pensava em Julia.

Os Invencíveis comeram todos os canudinhos de doce de leite de Minas Gerais. Culpa da ansiedade. O açúcar foi mais potente que qualquer goma do Marco. Nem o chiclete de mel de abelhas africanas, com cobertura de rapadura, foi páreo para os canudinhos de Tiradentes. Gênio só pensava no homem da igreja. O mesmo homem do sebo, aquele senhor estranho que deu um livro de lendas para ele. Os Invencíveis saíram do QG de Julia atordoados. Não havia mais nada para fazer naquele momento, apenas curtir a onda do açúcar no sangue. Precisavam pensar e pôr os botões para funcionar no cérebro.

Julia tratou de descansar. Estava mesmo exausta. E dormiu debruçada em um sino, ainda sem nome, o mais recente, que ela não queria que fosse batizado de Simas.

Goma, na pousada, abriu sua caixa de chicletes. Estava ansioso para relaxar. Levou à boca o primeiro chiclete que encontrou, sem nem olhar a embalagem. Rasgou e jogou a embalagem no chão. E dormiu.

Gênio encontrou Ed em um bistrô, para tentar disfarçar que estava tudo bem. Ao invés de falar, ouviu o tio contar sobre o tal desaparecimento das estátuas de Santo Antônio. Ed não conseguiu nenhuma informação precisa:

– Acredita, Gênio, que ninguém quer falar sobre isso? Ou é lenda, ou um grande mistério... E aí, encontrou sua garota? A Julia?

Gênio ficou repentinamente nervoso:

– Não! Quer dizer, sim... Tio, a Julia não tem nada a ver com essa história dos santos! Ela não sabe de nada!

Ed estranhou, e muito:

– Eu não disse que ela sabia... Que papo esquisito é esse? Eu ainda nem conheço a Julia!

– A gente brigou... E eu tô mal. Desculpa, tio Ed, vou dormir, tá?

Saiu deixando o rastro da mentira pairando no ar, percebida por Ed.

Jonas e Isa ainda estavam na rua. Cada um de um lado. Ele querendo falar, ela sem querer escutar:

– Nem adianta. Você pra mim é um boy lixo!

– Não sou, Isa! Me ajuda! Eu amo a Sofia!

– E beija a Pat? Na boa, Jonas. Eu tive uma quedinha por você, lembra?

– E me beijou, você também lembra?

Isa começou a se irritar:

– Eu fiz besteira! Minha amizade com a Sofia valia muito mais do que um *crush* de garota! Quem nunca vacilou? Mas você e a Pat?

– Não rolou nada! Isa! Me escuta!

– Não? Mas, rolou brownie com sorvete, né? Ou você vai perder a memória em 3... 2...1. Amnésia seletiva?

Jonas ficou da cor do sorvete de baunilha... Pálido.

– Como assim? Quem me viu? Eu...

– A Sofia, seu lindo. E eu! De romance, só no doce! Tchau!

Jonas derreteu de vez. Desmilinguiu como um sorvete aguado.

Isa foi para seu quarto na pousada. E Jonas chegou no quarto com um *déjà vu*: Goma apagado e ele sufocado nas palavras que não disse.

Sofia, no ônibus, tinha uma sensação estranha. Logo na rodoviária do Rio de Janeiro, pensou estar sendo vigiada. Mas nenhum rosto familiar aparecia no seu radar. Durante o trajeto, continuou com a mesma sensação. Chegou a se levantar, fingir que estava se espreguiçando, para olhar cada um dos passageiros. Um deles chamou sua atenção: ele vestia casaco preto, olhava para baixo e, como no clichê de filmes de detetive, lia, ou fingia que lia um jornal. Sofia não se segurou e seguiu no corredor até o assento dele, e abaixou o jornal com os dedos:

– Se você não for o Sombra, não aprendi nada nestes últimos tempos!

Ele apenas riu:

– Vejo que meu trabalho foi benfeito. Oi, Sofia...

– Oi, Sombra... Tiradentes, então, tem segredos pra gente desvendar?

– Muitos. Mas um deles você me conta agora: por que está sozinha, sem os Invencíveis?

– Essa treta é particular. Entre mim e Jonas!

– Boa sorte! Então, assim que eu chegar, preciso ter uma conversa com o Gênio. Ele tem um verdadeiro mapa da mina nas mãos!

– Sabe, Sombra, eu cheguei a sair do grupo... Mas, eu sei que quando o Gênio cisma, tem alguma coisa importante por trás. Às vezes até penso que nosso líder está buscando ele mesmo... Entende?

Sombra olhou dentro dos olhos de Sofia:

– Sim, estamos todos conectados. E tem algo maior, Sofia, que nem o detetive aqui sabe explicar! Ainda...

Ela não entendeu. Mas, ao mesmo tempo, entendeu tudo também.

E Tiradentes se revelou diante deles.

SEGREDOS REVELADOS

Os dois, Sofia e Sombra, andam pela cidade maravilhados rumo à pousada. Já era noite, e de repente uma luz dourada ilumina o céu. Um flash que cortou a visão e passou num segundo, voando. Os dois nem perceberam. Eles não faziam a menor ideia de que estavam sendo vigiados. Do alto.

E ele pousou. No mato, no pé da serra. Com suas asas pesadas, penas douradas, e seu pigarrear de sempre. Desgostoso e triste, porém disposto a alcançar sua liberdade. Voar era cansativo e difícil, mas sua vida valia qualquer sacrifício. Ele precisava acabar com a maldição que o prendia a esse ser lendário.

Sofia estava maravilhada com Tiradentes:

– Tão linda! Que cidade encantadora!

– E com tanta História, Sofia! Heróis, guerreiros. Enfim, acho que Tiradentes resume um pouco do Brasil... Tão importante olhar os personagens esquecidos, apagados, que fizeram nossa nação e não estão nos livros de História, dos colégios! Tantos...

– Hum... Isso quem te ensinou foi seu tataravô! Eu sei! Carlito Abaruna! Herói na Guerra do Paraguai. Era um Voluntário da Pátria e morreu sem nenhuma glória...

– Não é? E os homens que ergueram esse país?! Acorrentados, presos, humilhados. Nobres homens da África, e também daqui, os indígenas.. Você tem ideia do que fizeram com eles? Sequestrados das suas terras, separados das famílias, escravizados. Eles têm que ter seu lugar! Seus herdeiros ainda não têm o espaço que deveriam ter, entende, Sofia? Bom, chegamos...

Sofia admirava Sombra. Ele era mais do que um detetive. Um homem que amava História. Toda ela!

Isa e Jonas, cada um no seu quarto, dormem. Jonas, um sono pesado, ao lado de Goma, inquieto.

Gênio pegou o livro de lendas que o velho Ali Canto lhe deu, o mesmo homem que estava na igreja farejando algo. Mas as pálpebras pesaram e ele apagou. Faria esse dever de casa no dia seguinte, com a atenção devida. Quando Ed chegou, Gênio estava dormindo. Ed ficou tão desconfiado com o comportamento do sobrinho que o olhou bem de perto. Sim, estava em sono profundo. Ed pegou o livro do colo de Gênio e o colocou na mesa de cabeceira. Chegou a olhar a capa, *Lendas das Minas Gerais*, e pensou que a curiosidade de Gênio não tinha limites.

A pousada parecia um QG dos Invencíveis. Agora, Sombra e Sofia também estavam lá; aliás, eles pegaram os dois últimos quartos disponíveis. Deixaram para fazer surpresa no dia seguinte.

Mas Goma tinha o sono inquieto. No escuro do quarto, catou uma goma verde de alface para buscar o sono. E apagou. Mas, a embalagem do chiclete, no chão, iria revelar algo muito surpreendente.

Madrugada. Goma, como um sonâmbulo, se levanta e sai meio perambulando pelas calçadas de Tiradentes, até que... Não sabe se o que está vendo é real, ou um delírio. A cidade deserta, escura, Goma caminha em direção à Serra de São José. Passos firmes e olhar fixo. Aos olhos de qualquer outra pessoa, aquela luz mal seria notada, mas Goma estava sob efeito de algo extraordinário e seguia o brilho dourado, atraído como se fosse um imã.

Outro que também estava circulando por ali era Ed. Mania de documentarista, "uma câmera na mão, uma ideia na cabeça", frase do movimento Cinema Novo, uma narrativa que surgiu nos anos 1960, retratando, de forma mais espontânea, imagens verdadeiras, uma crítica à sociedade. E Ed tinha essa força correndo nas veias. Ele pensava que, mesmo sem ensaio, num instante, a câmera pode captar algo incrível. E assim ele fez: botão *on* acionado e câmera apontada para a incrível Serra de São José. Ele colocou em *fast foward,* para captar, acelerado, o movimento das estrelas. O céu estava estampado delas.

Entre tropeços, ladeiras íngremes e silêncio, Goma segue. E de repente, para. Sobre seus olhos, no céu, uma criatura pairando no ar, enorme, dourada. Seus olhos não acreditaram no que estava ali. Era um pássaro gigantesco, lindo, com penas brilhantes. Goma está no alto da serra. Logo ele, que tem medo de altura. Uma única vez andou no bondinho do Pão de Açúcar, e nunca mais. Daquela vez, ele estava com a irmã, Sofia, que o acalmou. Mas, desta vez, estava sozinho, com aquela criatura estranha sobre sua cabeça. O pássaro olhava para Goma, curioso. E num instante, voou num rasante veloz e desapareceu na vegetação.

Manhã. Tiradentes despertando calma, sossegada. Aos poucos os Invencíveis acordam. Uma das coisas mais gostosas de viajar é o café da manhã dos hotéis, das pousadas. E ali era caprichado: pão de queijo *quentin,* pão de milho, queijo cremoso, bolos e mais bolos, compotas, mais pão de queijo... o restaurante da pousada tinha várias mesas espalhadas. Gênio e Ed ocupavam uma delas. Ao lado, em outra mesa, Jonas e Isa. O papo seguia normal, tipo: "E aí, dormiram bem?", "a cama é enorme"... Até que passos fortes ecoam no corredor e Sombra aparece, sorrindo, já falando:

– Bom dia!

Espanto geral:

– Sombra? Mas o que...

– Carlito, Gênio! Me chama de Carlito. E você, o tio famoso, Ed!

– Prazer, Carlito. Meu sobrinho fala muito de você!

– Isa... Bom dia...

– Oi, Sombra...

– Jonas... Bom dia...

– Eu... Tô surpreso, Sombra!

– Então segura, Jonas, porque sua surpresa tá chegando.

Nesse instante, Sofia chega. Jonas quase se engasga com um pão de queijo.

Sofia olha para Jonas:

– Com você, converso depois.

E segue para a mesa de Gênio e Ed:

– Bom dia. Quinto mandamento: um por todos, todos por um. Sou Invencível. Vim tomar o meu lugar.

Isa pulou no pescoço da amiga:

– Assim que se fala, amiga!

Ed olhava para aquele movimento. Olhou para Gênio, e a pulga que estava sonolenta despertou:

– Tem alguma coisa que eu deveria saber e ainda não me contaram?

E se instala o caos. Antes que Gênio pudesse responder, ou disfarçar...

Goma chega esbaforido, cabelos em pé, roupa amassada, ligado nos 220 volts:

– Quase fui abduzido! Ele era dourado, enorme, voando no alto e...

– Um OVNI?

– Não, Isa, um pássaro!

Coitados dos funcionários, diante de tanto falatório, não sabiam o que fazer, estavam atônitos.

– É um pássaro? Um avião? É o super-homem!

Goma ficou sério como nunca antes:

– Gênio, tô falando sério! Você não acredita em mim?

Gênio se levanta e segue em direção aos quartos:

– Não.

Sofia percebeu o desespero do irmão:

– Goma, senta e explica com calma.

E Goma, desolado:

– Irmã, acho que não tô bem. Acredita que tô vendo o Sombra ali? Tô delirando...

Nessa hora, uma gargalhada geral. E Sombra vai até ele:

– Sou eu, Goma. A gente quer te ouvir... eu especialmente.

Sombra, sagaz como sempre, reparou que Goma usava um par de tênis imundo na sola, e a cada passo, deixava um rastro de barro no chão. Na cabeça dele, em letras garrafais, via a frase "CALÇADA ESCRAVOS", tirada da foto do trapo.

Nesse momento, Goma conta com detalhes tudo que viveu na madrugada.

Todos impressionados, Sombra atento a cada palavra. Parecia mesmo real. Goma sempre foi um garoto cheio de imaginação, mas ele estava apavorado demais para inventar:

– ... e de repente, o pássaro brilhante voou e sumiu! Tudo voltou a ficar escuro... Eu nem lembro como cheguei aqui!

Todos, inclusive os funcionários da pousada, estavam parados como estátuas. Menos Ed, ocupado com outra coisa.

Coube ao líder Gênio descongelar todos. Ele entra no restaurante com uma embalagem de chiclete nas mãos, já falando:

– Olha aqui o responsável pelo seu sonho, Goma! Estava no chão, ao lado da sua cama! Você mascou um chiclete de alface, que induz ao sono, e tudo isso não passou de um pesadelo!

Goma fica arrasado:

– Foi tudo tão real...

Sombra pega a embalagem do chiclete, ainda meio que duvidando. E lê em voz alta:

– Hum! Composição: extrato de pó do lagarto *Tarentola chazaliae*, e essência de alface...

Goma deu um salto:

– Minha goma rara! De colecionador! Putz, esse chiclete tem o poder de visão do lagarto, um campeão em visão noturna em cores, e ainda extrato de asa de morcego, animal com superaudição! Só tenho duas! Quer dizer, agora, uma!

Gênio, ainda firme, não queria acusar o erro:

– Isso não prova que você viu o que diz que viu!

E Ed, como um bom cineasta, resolve dirigir a cena naquele momento. Ele estava focado na filmagem aleatória que fez na madrugada e que ainda não tinha visto. A ideia era captar os movimentos das estrelas, mas filmou muito além disso. Posiciona a câmera em cima de uma das mesas do restaurante e aperta o *play*...

– Olhem isso aqui!

Diante de todos, estava lá! A luz dourada, pairando no céu, sobre a Serra de São José. Não era nítida a forma, mas era incontestável que era algo não identificado na leitura humana. O mais estranho era o som que ecoava no ar. Um arranhado, um som vindo da garganta. Um prrrrrrrr.

Agora sim, foi Gênio quem congelou. Sentiu vontade de falar, de dizer que esse pigarro era familiar, que o homem do sebo era o mesmo que estava na igreja, que também pensou ter visto um pássaro dourado quando deu o primeiro beijo em Julia... sentiu raiva. De ser tão incrédulo, tão pragmático. E o pior, estava com medo. Pela primeira vez. Ele ensaiou o texto, mas saiu tudo diferente:

– Goma, me desculpa. Devia ter acreditado em você. Tio Ed, não voltei pra Tiradentes só por causa da Julia, me desculpa também, devia ter contado. Sofia, também fui duro com você...

Ed, tio *brother*, camarada, tratou de amenizar o clima:

– Gênio, meu sobrinho querido, muito bacana reconhecer o erro. Quem nunca? Agora, uma dica: somar é muito melhor que subtrair. Estamos todos aqui porque achamos que era importante. Por você... baixa essa guarda...

E o abraço coletivo foi intenso. De verdade.

Hora de pensar em como agir.

Sombra tinha decifrado o enigma do documento. Ele não falou da participação de Bárbara.

Gênio tinha informações desconectadas sobre um homem estranho e um sebo mais esquisito ainda.

E Julia precisava achar o irmão desaparecido.

E ainda tinha um ser rondando Tiradentes.

E Sofia e Jonas, com Pat no meio deles.

Alguém teria que tomar a frente, priorizar as ações.

Agora não eram mais os cinco Invencíveis diante de um mistério. Eram uma trupe que, desgovernada, daria muito ruim.

Primeiro passo: definir o líder daquela situação. Gênio, como sempre, sabia ponderar muito bem:

– Julia! Ela tem um QG. Sombra, você tem que conhecer ela. Depois vemos como agir, o que acham?

Julia abriu a porta e seu rosto estampava o choque. Diante dela, Gênio, Isa, Jonas, Goma, Sofia, Ed, Sombra.

– Nossa! Gênio, o que está acontecendo?

Gênio beijou Julia cheio de carinho:

– Julia, viemos somar forças. Somar! Para achar o Simas!

Julia enxugou as lágrimas que teimavam em escapulir...

– Eu tô desesperada e...

Isa puxou Sofia pelo braço e entrou já falando:

– Julia, essa é a Sofia! Invencível também!

Julia deu um abraço apertado:

– Hum! Bem-vinda! A namorada do Jonas!

Sofia não reagiu. Nem bem, nem mal, apenas retribuiu o abraço afetivo.

E Gênio continuou com as apresentações que faltavam:

– Meu tio Ed, e o Carlito, o Sombra. Meu mestre.

Sombra olhou bem nos olhos de Julia:

– Precisamos conversar.

Mas mineiro não recebe sem mesa farta. Ainda que reclusa, a mãe de Julia era craque na cozinha. E fez um banquete, mesmo sem se apresentar. Dona Alda estava invisível desde que o marido desapareceu, muitos anos atrás. Mas agora, diante do sumiço de Simas, estava inconsolável. Julia tentava disfarçar, dizendo que ele estava para os lados de Diamantina consertando sinos, mas dona Alda não acreditava. Julia queria poupar a mãe de mais uma perda. Temia pela saúde dela. A cozinha era o único lugar de alento. Por isso a fartura de guloseimas: torresmo, tutu, frango com quiabo, leitão, feijão tropeiro, linguiça, doce de leite, goiabada cascão. Linda mesa. Mesa de acolhimento, afeto, carinho. Todos queriam conhecer a engenheira daquelas maravilhas. Mas dona Alda não deu as caras. Preferiu ficar, como sempre, no seu lugar invisível. Mas com os ouvidos atentos.

Depois daquele banquete, era a hora da verdade.

E cada um deles contou tudo que sabia.

Julia contou que o irmão, Simas, desapareceu tentando esconder o segredo de onde está a mina de ouro mais valiosa da região. E que sua família tem essa sina, esse destino, há séculos. O maior desejo dela é quebrar essa maldição.

Sombra contou sobre o trapo, um cimélio, talvez da primeira edição do livro de Antonil... e nesse momento, Julia caiu em prantos ao mostrar o sino mais antigo da coleção da família, chamado de Antonil. Era, sim, tudo sobre sua história. Gênio entregou o cimélio para Sombra:

– Acho que você deve guardar esse documento, Sombra. Obrigado por estar aqui.

Gênio contou o que viveu no sebo, sobre o homem de careca dourada e pigarro insistente. Contou até que viu algo como um pássaro, mas não quis acreditar nos seus olhos, e que não duvidava de Goma.

Mas ainda faltava um elo, algo histórico que alinharia todas essas informações. Que desvendaria o enigma do documento e de onde está Simas.

E, com todos queimando os neurônios, o som de um sino entoa. Bem ali.

Era a peça que faltava, quer dizer, a pessoa que faltava naquele quebra-cabeças.

NÃO DUVIDE DE LENDAS

Do outro lado da cidade, o pássaro, já em corpo humano, está com ódio. E Simas, por um fio:

– Simas, meu tempo está acabando. Eu não aguento mais essa condenação. Sou capaz de tudo para acabar com meu sofrimento! Minha fome! Até te...

Simas não sabia o que fazer entre honrar todos os seus antepassados, preservar a história ou ceder àquele ser mítico. Seu sonho era fazer daquela mina um lugar que contasse a história de tantas batalhas, tantas mortes por causa da ganância, do ouro. E as vidas perdidas? Valiam menos que uma pepita de ouro?

Era um momento decisivo para ele. Mas, por coincidência ou destino, algo o fez tomar uma decisão, pelo menos naquele momento.

De longe, ele ouviu três toques de um sino. E teve sua resposta.

Antes de Bárbara apertar a campainha da casa de Julia e dona Alda, a curiosa historiadora seguiu pelo caminho lateral da casa e viu um sino no jardim, sem qualquer inscrição ou data.

Num ímpeto, Bárbara pega um pedaço de madeira e...

Bate no sino. Três pancadas. Reverberando até onde está o cativeiro de Simas. Ele ouve. Não reconhece o signo, o significado daquela informação. Pensou ser sua irmã, Julia, querendo se comunicar, atrapalhada, e, por isso, sentiu esperança. E mentiu:

– Ouviu, Ali? Você só tem uma chance de se salvar. Me mantendo vivo. Eles sabem onde estou. E estão chegando.

Tacada de mestre.

Ali Canto ficou mudo. Em um *mood* de resignação e impaciência. Logo sua veia ferveu:

– Vou te poupar porque preciso de você. Mas sua irmã e os amigos não fazem parte desse combinado. Ah, Simas. Só vai sobrar você e eu. Fui.

E saiu batendo a porta.

Simas ficou ali, preso, sozinho e em pânico.

Três tilintares do sino. Julia corre para a porta pensando que poderia ser Simas. Até dona Alda meteu o nariz na fresta da porta da cozinha, esperançosa. Frustraram-se.

Diante de Julia, Bárbara.

E sem meias palavras, Bárbara foi entrando:

– Bárbara. Prazer, sou a última peça desse jogo.

A tarde já caía, com o lusco-fusco roubando a luz do dia.

No QG de Julia, Bárbara trouxe a informação que faltava. Sombra gostou de ver sua ex e, quem sabe, futura namorada, ali. Ele gostava dela, tinha muita admiração pela história que ela traçou. Era daquelas pessoas que têm um sonho e não desistem. Estudou, trabalhou muito para bancar a faculdade de História, e durante muito tempo fez contação de histórias em escolas. Mas não falava de contos de fadas nem de princesas imaginárias ou príncipes em cavalos brancos. Bárbara contava histórias reais, e a preferida dela era a do "Almirante Negro", João Cândido, que liderou a Revolta da Chibata. Ele comandou um movimento de marujos contra maus tratos e castigos, que acontecia na Marinha Brasileira, em 1910. João Cândido não aceitava que os companheiros sofressem qualquer tipo de tortura. Ele foi preso em uma cela, isolado, na Ilha das Cobras. É um herói nacional. Outra história que ela fazia questão de contar era de Maria Quitéria. Bárbara dizia: "Era uma baiana arretada. Fingiu ser homem para entrar no Exército Brasileiro. Eles não aceitavam mulheres. E a danada era tão boa que mesmo quando descobriram a verdadeira identidade dela, pensam que a expulsaram? Não! D. Pedro I reconheceu Maria Quitéria como heroína da Independência".

Olhando Bárbara ali, Sombra pensou que todos nascem com um dom, uma aptidão, um talento. É fato que algumas pessoas conseguem se desenvolver e aprimorar ao longo da vida, com sorte, dedicação e oportunidade. Bárbara tinha o dom da oratória.

– Então... Depois que eu decifrei a mensagem criptografada, e vocês já devem saber que era "CALÇADA ESCRAVOS SERRA", voltei meu olhar para o texto completo. Podia ter algo mais ali... certamente escrito por Antonil, o Anônimo Toscano.

Bárbara estava se referindo ao enigmático texto impresso no papel de trapo:

– "O ouro faz o homem rude. Capão. No mapa da mina, o rio se torna vermelho, na traição, e o brilho do metal, ofuscado pela ganância. Triste episódio. Só o justo a achará e protegerá. Vós sereis pobres almas"... Demorei um tempo olhando e tentando conectar cada palavra. E achei!

Todos de olhos arregalados e falando ao mesmo tempo. Quase todos. Menos Gênio e Sombra.

– Encontrou o meu irmão?

– Ainda não, Julia.

– Achou a mina?

– Quase lá, Goma.

– Decifrou um segredo?

– Por aí, Sofia.

– Tem a ver com a lenda do pau oco?

– Tem, Isa...

– Estamos correndo perigo?

– Com certeza, Jonas.

– E você vai contar pra gente?

– Tô tentando, Ed, se vocês ficarem quietos e me deixarem falar!

Todos mudos. Menos Bárbara:

– Capão da Traição. Foi um dos episódios mais terríveis da época do Brasil colônia. Aconteceu durante a Guerra dos Emboabas.

– Opa! Conheço essa história dos emboabas. Marc deu uma superaula sobre isso. Lembram, galera? Marc é o nosso professor de histó...

– Goma!?

– O que foi, Gênio?

– Enfia um chiclete nessa boca! Quieto.

Ele obedeceu. Uma goma arroxeada e grudenta, polpa de açaí com gelatina, que ocupou a boca inteira em menos de um segundo.

Bárbara, acostumada a dominar uma turma de alunos, colocou em prática suas habilidades quase teatrais de manter o foco nela. Ela se posicionou no centro da sala, e os outros ficaram em volta formando um círculo. Dona Alda ouvia tudo, espreitando da cozinha:

– Eu me formei em História, no fundo, para tentar entender a nossa trajetória. Amo essa matéria, mas nunca consegui compreender o porquê de tantas guerras no mundo. Pessoas perdendo suas vidas, famílias destruídas, cidades arrasadas...

A noite chegava trazendo a escuridão. Mas ainda era um rastro daquela Lua Cheia. A mesma Lua azul que iluminou Julia e Gênio na torre da igreja de Santo Antônio agora pintava de prateado a Serra de São José. Bárbara ainda tinha uma longa história para contar:

– Tiradentes é mesmo uma cidade linda. Olhem para a serra.

Diante das enormes janelas, a serra se emoldurava imponente, grandiosa. Eles olhavam encantados.

– A Guerra dos Emboabas foi uma disputa sangrenta. O objetivo era encontrar minas de ouro nas regiões de Minas Gerais e São Paulo. Um conflito entre paulistas, os bandeirantes, e os forasteiros, chamados de emboabas, entre 1708 e 1709. Em algum lugar entre esse paredão rochoso e o Rio das Mortes, aconteceu uma verdadeira matança, um episódio chamado de Capão da Traição. Dizem os historiadores que a cor desse rio, escura, é a mancha de sangue desse massacre.

O silêncio tomou conta da sala. E mesmo sem nenhuma corrente de vento, nem uma simples brisa, todos sentiram um arrepio. Sofia, em um instante de pavor, segurou na mão de Jonas. Ele apertou com carinho, mas logo ela lembrou da Pat e do B.O. que faltava resolver e soltou a mão dele. Julia e Gênio sim ficaram de mãos dadas. Isa segurou na mão de Goma, Sombra não segurou na mão de ninguém, e Ed soltou a voz:

– Massacre?!

Sombra conhecia esse acontecimento da nossa História e não se conteve:

– Sim! Uma verdadeira chacina, Ed. Existem documentos que mostram que, nessa região, foi descoberta a mina mais valiosa jamais vista antes. Recheada de ouro puro! Em 1709, uma expedição paulista que procurava esse tesouro, e talvez tivesse achado, foi rendida pelos portugueses na mata. Segundo alguns historiadores, os paulistas foram executados a sangue frio depois de entregarem suas armas, com a promessa de que teriam suas vidas poupadas e que seriam libertados pelos emboabas. Alguns autores estimam que os mortos chegaram a trezentos, ou até mil homens. Conseguem imaginar? Foi aqui! E mais: essa mina de ouro jamais foi encontrada!

Todos ao mesmo tempo:

– Que horror!

– Não gosto de dizer que existem vencedores: numa guerra, para mim, todos perdem muito. É uma estupidez. Certamente o episódio do Capão da Traição é um acontecimento marcante e muito triste. Bárbara, você foi incrível! Você é incrível.

– Obrigada, Carlito, você também é. É isso. Na mensagem criptografada, escrita provavelmente pelo Antonil, ele dá toda a referência do lugar da mina de ouro: Calçada dos Escravos... certamente uma caverna...

– Então o Simas desapareceu porque estava protegendo esse lugar? Mas de quem, se essa guerra acabou há séculos?

– Gênio, deve ser a mesma pessoa que está sumindo com as estátuas de Santo Antônio! Por isso não consigo entrevistar ninguém para meu documentário. As pessoas têm medo...

Bárbara concordou:

– Sim, Ed. Esse é mais um mistério: de quem?

Julia não segurava as lágrimas:

– Então é tudo verdade... Não é mais uma lenda. Todos os meus antepassados desapareceram... Nunca fomos ricos, eu nunca vi uma pepita de ouro... Essa maldição tem que acabar. Não posso perder meu irmão! Minha mãe é só tristeza...

Sofia e Jonas, atentos, levantam a mão como se estivessem na sala de aula:

– Então vamos para a Calçada dos Escravos procurar a mina. Agora.

– Boa, Sofia! Pode ser que Simas esteja escondido lá.

Desta vez foi Sombra quem pediu calma:

– Não é tão simples. Esse lugar é uma trilha íngreme, de difícil escalada, com uns oito quilômetros, e que vai até o topo da serra. É um antigo calçamento de pedras irregulares construído pelas pessoas escravizadas no século XVIII, indígenas e homens e mulheres do continente africano. Remete ao período da Inconfidência Mineira, é fácil se perder na mata. São trezentos metros de altitude.

– E se a gente chamar um guia de turismo que nos leve até a trilha e nos indique onde foi o massacre do Capão da Traição?

Bárbara sabia tudo sobre essa batalha, quer dizer, quase tudo, porque tem uma informação que ali ninguém conhecia, nem ela:

– Essa, minha cara Isa, é a resposta que procuramos. Onde fica exatamente o capão. Nunca se soube exatamente o lugar certo. Nós, historiadores, ainda estamos montando esse quebra-cabeças. Pesquisadores afirmam sim, que foi entre Tiradentes e São João del-Rei, mas até hoje ninguém encontrou essa caverna, essa mina preciosa.

– Então vamos desistir? Meu irmão não vai voltar, é isso?

Dona Alda não aguentava mais. Ouviu toda a conversa da cozinha. Pensou que aquela era a única chance que ainda tinha de rever Simas vivo. No dia em que seu marido, Tião, o pai de Julia, desapareceu, naquela mesma cozinha, ele contou uma história apavorante para a esposa. Logo depois ele saiu para badalar o sino das dezoito horas, e nunca mais voltou. Dona Alda guardou cada palavra em segredo por anos, apavorada, tentando proteger o filho. Fingiu acreditar que Tião caiu na estrada, foi embora porque quis. Preferiu pensar assim a aceitar que Simas corria perigo e poderia ter o mesmo destino infeliz do pai. Dona Alda achou que sem contar para ninguém, nada de mau aconteceria, e o tempo cuidaria de apagar essa história. Mas agora, depois de tudo que escutou na sala, e diante do desaparecimento do filho, tomou coragem:

– Vocês não podem abandonar o Simas. Eu imploro! Eu sei quem vocês estão procurando. O responsável por essa desgraça!

Ninguém piscava. Dona Alda continuou:

– Emboabas! Maldita guerra que deu início a essa maldição! Emboabas! A palavra emboabas significa, em tupi, "pássaro de pés emplumados". Os paulistas andavam descalços e os forasteiros usavam botas. Por isso deram esse nome indígena aos portugueses.

Goma pulou, de susto:

– A senhora disse pássaro?!

Agora ninguém piscava nem respirava. Eram só ouvidos.

– Pássaro, sim. Mas não um qualquer. Esse é um monstro faminto. Um ser mitológico que busca a mina mais valiosa daqui. Ele se alimenta de ouro e é responsável pelo desaparecimento dos homens da minha família. Todos que protegeram esse tesouro sumiram. Vocês serão os próximos! Eu acredito nisso agora!

– Mãe? Como você soube disso? E porque nunca...

– Julia! Não me culpe. Até hoje eu acreditava que era mais uma das tantas lendas de Minas Gerais. Mas, depois de ouvir vocês...

– Não te culpo, mãezinha...

– Dona Alda, a senhora precisa nos contar tudo que sabe.

– Sim, Carlito.

Gênio não estava mais ali. O corpo, sim, mas o cérebro estava no livro de lendas que o senhor careca, da garganta arranhada, lhe deu. E que ele não leu, preguiçoso, na noite anterior. Talvez a resposta estivesse naquelas páginas não lidas.

Dona Alda ainda faria uma revelação surpreendente:

– O lugar da mina é um mistério. Ninguém conhece. Está escondido em uma estátua de Santo Antônio. Por isso essa criatura rouba as estátuas de Santo Antônio procurando ouro em pó e o papel de trapo dentro delas. Depois que os homens garimparam quase todo o ouro daqui, sobrou muito pouco para alimentar essa besta. Por isso ele busca a mina do Capão.

Bárbara não segurou a curiosidade e a descrença:

– Como ele surgiu? De onde veio? É só mais uma lenda.

– Não! Ele atravessou milhares de quilômetros para chegar até aqui. Alicanto é o seu nome.

O rosto de Gênio despencou de vez. Só via o trapo, o velho, o livro, o sebo. Todos olhavam para dona Alda, que continuava falando:

– Sua ambição trouxe um terrível infortúnio: preso às pesadas asas de ouro, Alicanto não está liberto. Não voa longe, é um parasita, um infeliz, desesperado. Imaginem um pássaro que não suporta o fardo das asas...

Nesse instante, Julia se virou e não achou quem procurava:

– Onde está o Gênio?

Tropeçando entre o calçamento irregular de Tiradentes, e suando frio, Gênio corria o mais rápido que podia. Ele agora sabia que, naquele dia da torre da igreja, tinha mesmo visto o pássaro, sabia que era Alicanto, o mesmo nome do homem do sebo. Precisava confrontar o velho.

Alicanto também estava à procura de sua presa. Queria capturar Julia. Com ela em suas garras, Simas seria obrigado a revelar onde estava o sino com o documento escondido. Assim ele chegaria à tão sonhada mina de ouro. Ele voava contra o tempo. Enfraquecido pela fome, já não havia ouro nas estátuas e, com suas asas pesadas, cada voo era um sacrifício.

Enquanto Gênio corria em direção ao sebo, Bárbara, Sombra, Julia, Ed e os Invencíveis disparavam para a pousada em busca do amigo.

Regra principal em um momento desses é ficar junto, mas, na ausência do líder, Gênio, para coordenar a turma, Sombra não conseguiu segurar o grupo:

– Ei! Todos juntos!

Tarde demais.

Na escuridão da cidade, com o brilho prateado da Lua azul, e no desespero da corrida, eles dispersaram.

Sofia e Jonas entraram em uma rua pensando ser o local da pousada. A rua era sem saída e sem qualquer pousada. Ed e Isa descobriram, naquele momento, que não têm nenhum senso de direção, e, juntos, tomaram o caminho que leva para a estação da locomotiva Leopoldina. Goma rodava em círculos. E não saía do lugar. Bárbara nem sabia onde era a pousada, e Sombra a guiou. E Julia... essa sim, conhecia cada esquina, cada cantinho, como a palma da sua mão. Pegou uma trilha, um atalho, mas... alguém a seguia. O Encantado da Noite, a Besta, o pássaro faminto, Alicanto.

A única pessoa em segurança era dona Alda. Em casa, agarrada na sua reza, pedindo proteção a todos.

Julia parou. Desesperada, ouviu um canto lancinante, penoso. Sua respiração estava ofegante. Era a primeira vez que via aquele ser. O pássaro de asas de ouro. Pairando sobre ela como uma águia espreitando sua presa. Ela precisava pensar rápido antes de ser capturada. E num instante, uma imagem de sua infância tomou sua lembrança: menina, brincando de esconde-esconde com Simas. Ela se escondia dentro de um jequitibá-rosa, uma árvore centenária de tronco grosso. E essa árvore, cheia de reentrâncias, amiga de sempre de Julia, estava bem perto dela. Era sua única esperança nesse momento: não ser descoberta. Precisava prender a respiração e atravessar um estreito córrego até chegar à árvore. E se esconder dentro do seu tronco. Como sempre fez nas brincadeiras com Simas. A diferença agora é que não era um jogo, era real. Um segundo antes ou depois e seria capturada.

Na pousada, os primeiros a chegar foram Sombra e Bárbara. No quarto de Gênio, nenhum sinal dele, mas o livro de lendas estava na cabeceira.

Os dois, com a leitura dinâmica, aptidão de quem lê bastante, logo acharam o que era importante no meio de tantas lendas: "Alicanto, o pássaro mitológico".

Momento de aglomeração. Depois de rodar a cidade, e de rodar em volta de si mesmo, Goma e os perdidos chegam à pousada e interrompem Bárbara e Sombra:

– Ué? Achei que o Gênio estaria aqui!

– Nós também, Goma.

– Mas Sombra, cadê ele, então?

– Boa pergunta! Cadê meu sobrinho?

– Calma Ed! Eu e Jonas nos perdemos, mas nenhum sinal dele.

– E a Julia?

– Ih! Agora ferrou, Bárbara! Cadê ela?

– Calma, Isa!

– Calma você, Jonas. Tá tremendo que nem uma vara verde!

– Alguém quer uma goma de passiflora? Eu tenho!

Todos em coro:

– Não, agora não, Goma!

Bárbara assumiu a liderança em meio à confusão:

– Para, gente! Me escutem!

E ela começou a ler em voz alta a lenda mais importante daquele livro:

– "O Alicanto é um grande pássaro cuja origem remete à mitologia chilena. Esse animal do deserto do Atacama é caracterizado por suas plumas, bico e penas muito brilhantes, formadas por metais. A lenda conta que seu corpo é composto por metais preciosos, ouro, a mesma matéria da sua dieta. Assim, dizem que os alicantos se alimentam de ouro, brilham como o Sol e possuem o brilho da lua cheia."

– Eu não acredito em lendas. Para mim o faminto por ouro é muito humano, e está assustando todos.

– Carlito, ou Sombra... que humano poderia sequestrar e sumir com os homens da família de Julia há séculos? Quem vive tanto tempo?

– Não sei, Ed...

– Eu não duvido.... que triste... Um pássaro preso à ganância. Toda maldição tem seu antídoto... qual será o dele?

– Precisamos descobrir... a resposta não está nesse livro, Jonas.

– Agora começo a entender: por isso dona Alda falou que esse ser atravessou milhares de quilômetros. Ele é do Chile. Mas, como veio parar aqui?

– Ed. Uma coisa de cada vez. Encontrar Gênio e Julia é nossa prioridade.

CAÇA VERTIGINOSA

Enquanto eles colocavam os neurônios para trabalhar, Julia e Gênio estavam sozinhos. Julia tentando sobreviver ao ataque do pássaro, e Gênio tentando achar o sebo no meio da escuridão.

Julia era esperta e ágil. Fez as contas matemáticas, as mais complexas, e calculou velocidade, impulso e tempo para pular o córrego e se abrigar dentro do jequitibá-rosa. Tinha segundos para acertar o alvo. Alicanto apontou sua asa e fez o corpo no formato de flecha. Estava certeiro para pegar sua presa, sua Julia. E ela, diante daquele ser que embicava veloz sobre seu corpo, saltou como uma ginasta e entrou no buraco da árvore. Alicanto enfiou o bico no tronco, mas não conseguiu chegar até Julia. Ela, por um tempo, estava a salvo espremida no toco do jequitibá. Ficaria ali até o mal ir embora.

O pássaro estava sem alimento e furioso. Entre derrubar a árvore, o que chamaria a atenção dos moradores, ou prender

Julia lá dentro, ele teve uma ideia: usaria a menina para negociar com Simas. Ninguém sabia onde ela estava, era sua nova refém. Num movimento sincronizado, fechou o buraco do jequitibá com algumas de suas imensas penas de ouro, que arrancou de seu corpo com o bico afiado, e vedou a saída. Não podia mais perder tempo. Só restou levantar um pesado e vagaroso voo enquanto tinha forças.

Gênio tinha muita noção de tempo e espaço. Desde criança, andava com uma bússola no bolso da bermuda brincando de rosa dos ventos. Até o céu era referência para ele: as Três Marias, o Cruzeiro do Sul direcionando Norte, Sul, Leste e Oeste... coisa de gênio mesmo.

Então, para ele, não foi tão complicado seguir na direção do sebo que ficava perto da trilha da Calçada dos Escravos. O caminho, estreito e à margem do Rio das Mortes, o fez se lembrar do massacre do Capão. Era um rio manchado de sangue, pensou. Não queria que Simas fosse parte dessa história sangrenta. Enquanto caminhava, pegou o celular para avisar Sombra que estava perto de encontrar o irmão de Julia. Não se deu conta de que ali, no meio da mata, sinal, só de fumaça. Zero contato. Mas não podia mais recuar.

E ele continuou subindo e descendo trilhas, sob a Lua azul que lembrava Julia. Sua futura namorada e, quem sabe, nova Invencível.

Alicanto seguia custoso, corpulento, faminto.

Gênio encontra o sebo. Fechado. A porta pesada de madeira está cerrada. Ele bate esperando o velho abrir. Nada.

O som da batida da porta fez Simas acordar de supetão. E ele gritou o mais alto que pôde:

– Socorro!

Simas batia com as penas de ouro, que se soltaram da ave e estavam ali espalhadas no chão, fazendo reverberar um som metálico.

Gênio tentava com todas as forças abrir a pesada porta.

– Eu vou entrar! Calma, Simas. Só preciso...

Pensar rápido. Não tinha forças para abrir a porta, mas tinha uma cabeça ágil que sabia fazer gambiarras. E, de improviso, sacou o *card* da espada medieval do bolso da bermuda. Estava com ele desde que Jonas o entregou quando se separaram. A essa altura, Gênio precisava confiar na sorte.

Enfia o *card* na fresta da porta da fechadura antiga. O *card* entra. Puxa a lingueta de cima para baixo. Nada. Tenta de novo. De baixo para cima, respira, enfia o *card*, apura a audição, encontra a lingueta, pressiona, para cima, devagar, firme, prende a respiração, puxa e... nada. Gênio bufa, perde a paciência, enfia o *card* de qualquer jeito, aperta, escuta... e *click*, a porta está destravada.

Enquanto isso, Julia está quase sufocando dentro da árvore centenária. Completamente presa.

Sombra agora era o líder daquele grupo. Pelo menos naquele momento. Mesmo com pressa e aflito, precisava processar toda a informação que tinha.

E foi o que ele fez. Na função de líder, comandou as tarefas:

– Bárbara, quero que você monte nosso grupo para sairmos logo.

– Como assim, Carlito?

– Quero todo mundo de botas, lanternas, casaco, água, levando frutas secas, antisséptico, gaze, joelheira...

– Acho que eu prefiro ir pra Disney, com Mickey, Pateta, Ursinho Pooh...

– Sério, Goma. Não atrapalha meu raciocínio. Já falei água?

Bárbara estava paralisada:

– Falou sim, água e um monte de coisas! Já entendi o que você pretende. Calma, Carlito. Vamos nós três, eu, você e Ed. Eles são só adolescentes!

– Concordo. Não vamos colocar Isa, Goma, Jonas e Sofia em risco.

– Isso, Ed, são eles que decidem. Já viu alguém segurar essa galera?

Sombra tinha razão. Enquanto nenhum deles disse nada, Bárbara se apressou:

– Bom... Eu vou no meu quarto pesquisar na internet algo que não me sai da cabeça, enquanto vocês se resolvem. Nos vemos lá embaixo o quanto antes.

Enquanto Bárbara seguia sua tarefa, mesmo ainda secreta, cabia aos Invencíveis resolver, como um grupo unido, o que fazer. Isa tomou a frente:

– Então? Vamos junto com eles ou não?

– É perigoso?!

– É, Goma...

– Da última vez que nos reunimos assim, deixamos Gênio sozinho... lembram? Foi quando toda essa história começou...

– Sim, Jonas. E eu saí por outro motivo.

– Eu sei, Sofia, e isso vamos conversar depois. Se você quiser.

– Ok, Jonas. Eu voto em ir. Nosso líder sumiu. O que vamos fazer? Dormir e deixar pesar a consciência?

Isa era certeira:

– Boa, Sofia. Eu concordo total. Vamos! E vocês, Jonas e Goma?

Os dois se olharam. E a resposta estava nos olhos deles:

– Claro que estamos dentro!

E Goma, com coragem, lembrou o quinto mandamento dos Invencíveis:

– Boa, Jonas! "Um por todos...

E todos eles em coro:

– E todos por um!"

Sombra e Ed eram voto vencido.

Hora de equipar o grupo para a missão.

Sombra lembrava dos itens, um por um:

– ... e água! Quero todos na porta em dez minutos! Vão!

E eles dispararam para seus quartos, passando todos os objetos na cabeça para não esquecerem de nada.

Sombra arrumou suas coisas e foi procurar Bárbara.

Gênio conseguiu abrir a porta do sebo.

– Entrei!

Era um labirinto de corredores escuros e estantes recheadas de livros empoeirados. Da outra vez que esteve naquele lugar, ficou cismado com Ali Canto, o senhor esquisito. Gênio corria, seguindo a voz de Simas:

– Estou preso! No fundo!

Gênio desceu umas escadas de pedra e entrou no que parecia ser uma gruta. Simas estava sentado, recostado em uma parede, amarrado, no breu total. O lugar não tinha janelas. A única luz vinha da lanterna do celular de Gênio.

– Vou te soltar. Pera.

Enquanto desamarrava as mãos e os pés de Simas, segurando o celular entre os lábios, Gênio reparou em algo muito revelador: diante dele, espalhado pelo chão, um tipo de cascalho bem característico: a grupiara. Ele começou a juntar as informações, pensava rápido, as palavras pulavam dentro dele: "Grupiara é um cascalho ralo formado pelo sedimento do garimpo de diamantes e ouro, e eu estou em um sovacão, que é uma cova, uma escavação... uma gruta. Então...".

Seus pensamentos foram cortados por Simas. O irmão de Julia apontou a luz da lanterna para Gênio, olhando fixamente para ele, tentando reconhecê-lo, achar alguma familiaridade naquele rosto:

– Obrigado! Mas... quem é você?

– Eugênio, namorado da sua irmã Julia... quer dizer... é... pode me chamar de Gênio. E...

– Namorado? Onde está Julia? Precisamos sair daqui o mais rápido possível!

– Eu sei de tudo. O pássaro, a mina... Pronto! Você tá livre!

– Como? Ninguém sabe onde fica a mina. Nem eu...

Todas as pulgas daquele lugar pousaram na orelha esquerda de Gênio:

– Você não sabe mesmo onde fica a mina?

– O segredo está dentro da estátua de Santo Antônio, meus antepassados esconderam essa escultura por séculos. Ela estava sob minha responsabilidade! Na manhã que fui capturado, eu ia mudar a estátua de esconderijo porque vi Julia na igreja, à noite. Mas não consegui!

Simas estava megadesconfiado de Gênio:

– Você roubou a estátua?

Gênio estava megadesconfiado de Simas:

– Você tem certeza de que não sabe onde fica a mina?

– Não temos tempo para isso agora, garoto!

Eles partiram em direção à porta de saída, entrando e saindo dos corredores escuros, respirando a densa poeira, tentando achar a saída. Gênio, ao contrário de Simas, parecia não querer sair e fingia estar perdido. Sabia exatamente onde era a porta, mas queria investigar outra coisa. Simas queria escapar. E finalmente achou a saída.

Antes dos Invencíveis se encontrarem na frente da pousada, Sombra achou Bárbara diante do laptop. Ela tinha uma expressão de espanto, olhos fixados na tela. E ele, curioso, comentou:

– Você falou que estava cismada com algo... Pela sua cara, você descobriu.

– O antídoto! Achei! Jonas disse que toda lenda tem um contraveneno. Ele pode ter falado num impulso, mas é verdade. Todo veneno tem a possibilidade de cura. Toda maldição tem seu reverso!

Nesse instante, Ed entrou:

– Eu estou longe de ser adolescente. Quero saber tudo o que vocês sabem.

Sombra parecia não reconhecer Bárbara:

– Bárbara, você é uma historiadora como eu. Acredita em lendas agora?

– A História é feita de documentos, provas, Carlito. Você sabe tanto quanto eu que vivemos na época das *fake news*. Isso é uma tragédia para nossa sociedade. Nunca foi tão importante provar a verdade. Não é sobre acreditar ou não em lendas. Precisamos resgatar Gênio e Julia. Achei um caminho. Se o Alicanto é uma lenda, eu tenho outra para acabar com esse ser. E se ele for apenas um homem que quer lucrar com a mina, pegamos ele.

Carlito emudeceu.

Ed concordou:

– Só sei que minha câmera captou o que os meus olhos não viram.

Mas, em seguida, Sombra não se aguentou:

– Ilusionismo. Fantasia. Mágica. Estamos diante de alguém cheio de truques embaixo das asas. Alguém esperto, de carne e osso. E não temos tempo a perder.

E Sombra organizou a trupe rumo ao pé da serra. Cada canto seria vasculhado. Todos com lanternas iluminando todos os lados da Calçada dos Escravos. Tinham que desviar dos animais da noite, aranhas, cobras, escorpiões, formigueiros, e ainda as plantas que nascem nas encostas, com espinhos que cortam como navalha. Usavam botas e sobretudo, e carregavam mochilas com água e frutas secas. Seguiam, passo a passo, sob as luzes velozes das lanternas, procurando pelo vestígio de uma caverna, e por Gênio e Julia.

Julia cada vez mais sufocada dentro do jequitibá-rosa. A saída, o buraco, estava totalmente fechada. Mas ela sentia uma pequena corrente de ar vinda da copa da árvore, dos galhos e das folhas. Usava suas forças para escapar pela única fresta de ar que existia, um buraco estreito que levava até o topo. Como se o tronco se dividisse ao meio. Era uma escalada difícil. Mesmo ágil, precisava segurar a ardência dos arranhões, do tronco rasgando sua pele. Tinha que subir até a copa da árvore. E, como uma ginasta, ou uma escaladora, ela seguia firme: mãos e pés em uma dança sincronizada, com câimbras, dor e sem ar. Seu destino era a liberdade. Sua única saída.

A saída também era o desejo de Simas. E ele conseguiu abrir a porta. A ideia de Gênio era deixar Simas sair e se trancar ali para investigar o que sua intuição gritava. Mas a luz dourada e o som estridente que quase os ensurdeceu eram péssimo sinal.

Alicanto pousou, com suas asas abertas e bico afiado, bem na entrada do sebo, e deu de cara com Simas e com Gênio logo atrás:

– E eu achando que minha fraqueza seria minha derrota. Que presente! Bem-vindo à minha toca. Prazer, sou o Alicanto, garoto esperto! Sabia que você iria voltar.

Sem saída, sem possibilidade de fuga, Gênio também estava capturado. Mas o pior ainda estava por vir.

Alicanto tinha urgência. E uma arma infalível nas mãos:

– Simas, o garoto fica aqui e você vem comigo.

– Ele não tem nada com isso! Deixa ele ir!

Gênio encarou Simas:

– Eu vou ficar.

Simas ficou mais nervoso:

– Eu não vou te dar o que você quer, Alicanto!

– Ah, vai! E sabe por quê? Sua irmã está em minhas garras, muito bem escondida. Um dos dois será sacrificado. O garoto ou ela. Você escolhe, Simas.

– Mas eu não sei onde está o segredo. Por favor!

– Tarde demais pra você.

E Alicanto mira os olhos em Gênio:

– Se eu voltar sem meu prêmio, seu destino também estará selado.

E num instante, o pássaro tranca a porta e carrega Simas em suas presas, para longe.

Gênio agora tinha pressa. Muita. Ao invés de tentar escapar daquele lugar, ele correu para o fundo da gruta onde estava o cativeiro de Simas. Pensou que teria algum tempo para confirmar suas suspeitas.

A luz da lanterna piscava, oscilando, e ele temia pelo fim da duração da bateria do celular. Mas Gênio precisava mandar aquela trupe de pulgas embora da sua orelha esquerda. O que a luz mostrou no chão da gruta tinha uma evidência muito clara.

Julia estava quase na copa do jequitibá-rosa. Cheia de arranhões e vontade, faltava um quase nada para chegar ao topo. Mas às vezes é no final do percurso que as pessoas desistem. Dão mais crédito ao cansaço do que à força que resta. Uma respiração, um comando para o cérebro dizendo: "Você vai conseguir, olha o tanto que já foi". E Julia encheu os pulmões de ar, segurou no diafragma e, num impulso, conseguiu. Tiradentes aos seus pés, a árvore era muito alta. Agora, ela precisava descer sem correr o risco de se esborrachar no chão e então encontrar os Invencíveis. E assim ela foi espreitando cada reentrância onde poderia colocar os pés, centímetro por centímetro abaixo, até o solo firme. E conseguiu. Durante uns segundos, parou para pensar no que ia fazer primeiro.

A Calçada dos Escravos estava tomada. Uma verdadeira trupe seguia por aquelas pedras irregulares, braço escravizado da construção. Olhando de longe, faziam lembrar mesmo os emboabas, desbravando a terra, gananciosos, em busca de ouro. A diferença é que os Invencíveis estavam buscando seus amigos, motivo nobre, e não iriam desistir. Goma sentiu na pele o horror daquela guerra. E como tinha uma imaginação muito fértil, logo se transportou para aquele tempo: ele se viu um indígena, o Cauã, sendo capturado e sequestrado pelos bandeirantes para lutar em uma guerra desumana. Cauã era apenas um jovem que cuidava da sua terra, com seu povo tupi-guarani. Vivia em harmonia com a natureza, pescando, plantando mandioca, fazendo cerâmica e seus rituais de crença. A mina mais valiosa de ouro da região sempre esteve ao lado do seu povo. Intacta. Até o dia em que os bandeirantes e os emboabas invadiram as terras de Cauã. Com armas e força, ele foi dominado e obrigado a trabalhar à força, a chicotadas. Sequestrado de sua família, de seu povo. Cauã e tantos outros escravizados construíram aquela calçada por onde Goma andava agora. De livres, agora eram garimpeiros em condições sub-humanas, escavando a terra atrás de diamantes e ouro. Goma pensou nos livros de História, que teimam em não contar a narrativa dos oprimidos. Ninguém podia ser herói de uma guerra que escravizou seres humanos. E como Cauã, entendeu sua missão naquele momento: o nome Cauã, na língua tupi, significa "gavião", ou seja, uma ave com visão apurada. E, assim que voltou da sua viagem ao passado, Goma entendeu o que estava acontecendo naquele momento. Isa estava em apuros. Ela, por um instante de vacilo, pisou em falso. Sofia ainda tentou segurar a amiga:

– Isa! Agarra minha mão!

– Me segura, Sofia!

Mas, ela escapou de Sofia.

– Socorro!!!

Em segundos, despencou barranco abaixo. Silêncio total dos Invencíveis, e de Ed, Bárbara e Sombra, para escutarem qualquer sinal de Isa:

– Isa! Cadê você?

– Shhhh! Sofia! Eu ouvi algo...

– É uma coruja, Sombra.

– Não, Jonas. Daquele canto. Escutem...

– Também ouvi, Sombra. Mas...

– Quieto, Ed. Iluminem o lado esquerdo da mata.

– Ok, Bárbara.

Sofia estava em prantos:

– Isa! Por favor, amiga! Dá um sinal...

Mas a mata cerrada impedia que a luz das lanternas chegasse até Isa.

Nessa hora, Goma, ainda sentindo Cauã em sua alma, se manifestou e pareceu um ser encantado:

– O nome Cauã, em tupi, significa "gavião", uma ave de visão aguçada.

Ninguém entendeu nada, mas Goma sacou do bolso a metade do chiclete de visão noturna, extrato da pele do lagarto *Tarentola chazaliae,* e partiu em dois:

– Sombra, guarde a goma. Você vai precisar dela ainda esta noite.

E deu um pedaço do chiclete para Carlito, que segurou com as mãos bem fechadas. Em seguida, Goma mastigou a outra parte da iguaria freneticamente. Todos em silêncio, esperando alguma reação de Goma. E logo ele viu Isa e apontou para o lugar exato:

– Embaixo da terra úmida. Desçam agora. Ela está soterrada.

Jonas pulou como um atleta barranco abaixo, sem pensar, e tirou Isa do meio das folhas e galhos. Ela estava bem, apesar de alguns arranhões, e muito assustada.

Já em calçada firme, bebeu água e se acalmou:

– Obrigada, Jonas. Você salvou minha vida. Eu não conseguia respirar e...

– Agradeça ao Cauã, ao Gavião, ao Goma, ao lagarto... sei lá...

– Agradeçam ao chiclete... A minha imaginação, gente, eu deixo fluir...

Ninguém comentou mais nada. Episódio estranho, mas o importante era Isa estar ali, sã e salva.

Foi o momento de Sombra confrontar Bárbara:

– Chega dessa aventura! Achei que a gente tinha perdido a Isa. Sei que você sabe de alguma coisa que ainda não contou pra gente. Ou você fala, ou a busca acaba aqui. Não vou colocar mais ninguém em risco.

Bárbara se sentiu acuada e, ao mesmo tempo, responsável por todos eles. Sim, ela tinha algo a contar, mas talvez nem ela acreditasse. E antes que ela falasse qualquer coisa, Ed também assumiu o B.O.:

– Sombra está certo. Estamos aqui para encontrar meu sobrinho. Qual seu plano? Ou somos uma equipe, ou vou agora à delegacia relatar sobre o desaparecimento de Gênio e Julia.

Sem alternativa, e com o compromisso de zelar pela vida deles, para além de suas crenças, ela abriu o verbo:

– Alicanto é uma lenda, vocês sabem. Se realmente existe, ou não, estamos aqui para descobrir. Algo ou alguém sequestrou Simas, e agora Gênio e Julia também sumiram.

E, diante de todos, Isa se posicionou:

– Bárbara. Fale do que não sabemos...

– Eu descobri que existe uma lenda.... gente, lenda. Mas, diante do pássaro que Goma viu e Ed registrou, eu mergulhei nesse universo e...

– Então você não tem nada concreto?

– Ainda não, Carlito.

– Estamos no meio do nada e você tem uma lenda para encontrar nosso líder?

– Você tem algo melhor, Sofia?

– Deixa a Bárbara falar, irmã.

Goma não duvidava, ele viu o pássaro, ou seria sua imaginação, como também foi com Cauã? Ele também estava cheio de dúvidas...

E Bárbara falou, de supetão, tentando acreditar no que dizia:

– A Mãe de Ouro. Ela voa pelos ares como um fogo, uma bola incandescente caindo sobre o morro, a serra, mostrando onde está o tesouro enterrado. Essa lenda remete à época da exploração dos minérios, no período do Brasil colonial e do ciclo do ouro.

– Nossa, estamos salvos!

– Sem ironia, Carlito.

– Eu preciso de algo concreto, Bárbara, me desculpe. Tenho certeza de que Gênio vai me dar um sinal verdadeiro, sólido, palpável.

E o grupo estava rachado. Ed, Goma e Bárbara tentando acreditar. Os outros, com o olhar incrédulo. Perdidos, sem rumo.

Mas a Mãe de Ouro, ou o que quer que fosse aquela força da natureza, estava pronta para agir.

ILUSÃO X REALIDADE

A primeira coisa que Julia fez quando saiu de dentro do jequitibá-rosa foi procurar sua mãe, Alda. Estava preocupada com ela. Dona Alda estava no QG de Julia, no cemitério de sinos, rezando por Simas e Julia. Assim que viu a filha, caiu em prantos:

– Minha filha! Você está bem? Seu irmão está preso nas garras do Alicanto!

Julia não entendeu nada:

– Como assim?

– Eu vi a sombra deles no céu. Eu vi! O pássaro voava com Simas, foram para a igreja de Santo Antônio!

Julia começou a juntar as peças:

– A estátua, mãe. Estava escondida no sino. Dentro do Santo Antônio tinha um trapo que revela onde fica a mina de ouro que nossos antepassados protegeram. É isso que Alicanto quer. Eu peguei a estátua sem meu irmão saber. Esse monstro me prendeu dentro de uma árvore.

– Vamos avisar Simas que você está a salvo, filha.

– Mas como?

Dona Alda pegou um pedaço de madeira e levantou sobre sua cabeça:

– Vamos mandar uma mensagem pro Simas!

E, numa força descomunal e agilidade incrível, dona Alda começa a bater freneticamente em um dos sinos, em um ritmo de baladas cadenciadas. Elas tinham um importante significado.

Simas, nesse instante, estava suando frio, apalpando todos os cantos do sino no alto da torre da igreja de Santo Antônio, tentando pegar o embrulho marrom onde havia escondido a estátua que guardava a mensagem criptografada de Antonil:

– Não está aqui! Eu juro que escondi neste sino. Juro!

Nesse instante, Simas pensou algo terrível. "Foi aquele garoto, Gênio, e Julia que pegaram. Na noite que vi minha irmã aqui, quando ela estava dizendo que foi atraída pela luz da Lua azul. Eles estavam juntos!".

Ele não sabia o que fazer. E Alicanto, diante dele, ameaçador:

– Simas! Seu tempo acabou. Você nunca mais vai ver sua irmã!

O som das badaladas reverberou pela cidade. E chegou na hora e momento exato para Simas. O significado era claro. Simas sabia ler cada som, cada badalada. E dona Alda, convivendo com a família de sineiros, sabia como fazer.

Ela tinha um código secreto com Simas. Desde quando ele era menino e ia para São João del-Rei e pernoitava por lá, o menino fazia questão de badalar o sino dizendo para a mãe: "Está tudo bem." E ela ficava tranquila. Uma mistura de sons e ritmos, como um código morse, mas que só eles sabiam reconhecer. E assim ela fez, e ele ouviu cada informação: "Está tudo bem". Então, entendeu que Julia estava a salvo. Simas foi tomado por uma potência e força nunca antes vista. Diante do abismo entre a torre, o solo e as garras do Alicanto, ele pulou da torre. Parecia um atleta de *parkour* saltando igreja abaixo, até sumir na mata e deixar Alicanto estonteado.

A noite ainda estava no seu máximo. O céu limpo, e apenas uma nuvem que seguia rumo à quase minguante Lua azul rascunhava as estrelas.

Gênio era o único que não estava a céu aberto. Pelo contrário. No breu, embrenhado na gruta que se estendia profundamente atrás do sebo, ele iluminava o caminho com sua fraca lanterna, seguindo o rastro precioso.

E prosseguia na intuição e na sua pesquisa prévia. Gênio era um colecionador: de informação, de palavras, de dicionários. E em um deles, que tinha lido por curiosidade, se lembrou da palavra do tupi *ku'ru*, "seixo" + *pi'ara*, "jazida". Grupiara! Ele estava farejando a mina e não ia desistir. Para além do cativeiro onde estava Simas, tateou no chão até sentir que a terra se mexia, afundava. Gênio cavou até um buraco se abrir diante dos seus pés. Ele descia pedras abaixo por um túnel úmido e insalubre, até descer mais e mais entre morcegos, estalactites, e enfim encontrou o que parecia um pequeno túnel, que a luz da lanterna refletia de dourado. Faltava ar e sobrava empolgação. Ele seguiu, mas a lanterna fraquejou. Não antes de ver o que seus olhos quase não puderam acreditar. Linda, dourada, um verdadeiro tesouro. A mina. Estava ali, brilhando, sem um fim visível. E Gênio, num ímpeto, correu para além daquele lugar. Precisava avisar Sombra. Sim, aquela era a mina tão procurada. Voltou por onde entrou. Quase agachado, num aclive, rastejando para voltar à saída. Enquanto seguia, pensava insistentemente em como encontrar Sombra e os Invencíveis. Teria que se fazer encontrar. Mas como? O celular sem sinal, a lanterna fraca...

O sebo ficava às margens do Rio das Mortes. E aquele trecho era pantanoso, insalubre.

Na Calçada dos Escravos, o clima era de dúvida. Todos seguiam desconfiados. Ed, Bárbara e Goma esperando que a Mãe de Ouro se manifestasse. Os outros, liderados por Sombra, eram Sofia, Jonas e Isa, que esperavam por qualquer coisa humana. Um barulho poderia ser o Alicanto, um escorpião, um galho quebrado. Ou Julia, Simas, Gênio. E cada um deles seguia olhando cada detalhe. Até que:

– Gente! Tá mexendo ali!

– Onde, Goma?

– Naquele galho. Naquela árvore, Ed.

Ed pegou a câmera para filmar:

– Vou filmar.

E Sombra olhou com afinco, um olhar anterior à câmera do Ed:

– É uma pessoa.

E ele saiu de trás do tronco. Alto, magro, cabelos arrepiados e um rosto que não deixava dúvidas para Sombra:

– Simas?

– Sim!

Sombra viu os traços da irmã. Mesmo ângulo de rosto, mesmo nariz:

– Você é a cara da Julia!

E, sem tempo para Simas responder, Alicanto fez um rasante sobre eles e pousou bem perto do grupo, como se quisesse escolher sua nova presa. Diante daquele pássaro gigante, todos se embrenharam na mata apavorados. Menos Simas. Ele levantou os braços, disposto a se sacrificar mais uma vez. Mas o pássaro não iria mais negociar:

– Acabou. O garoto vai morrer. E a culpa é sua.

– Eu juro que não sei onde fica a mina! O segredo estava na estátua! Eu não sei...

– Meu tempo acabou, Simas. Todos vocês vão ser amaldiçoados junto comigo.

Sombra tinha todos por perto. Desta vez ninguém se perdeu, nem se desgarrou. Mas o breu da Lua tímida, querendo se esconder na sua fase minguante, deixava a visão daquele lugar muito comprometida.

Assim que o pássaro levantou voo, Simas chamou todos de volta. Ele sentiu que estavam do mesmo lado. Se apresentou, conheceu cada um deles pelo nome e contou tudo que passou, desde o sequestro:

– Julia mentiu pra mim. Ela e o seu namorado, o Gênio, pegaram a estátua na noite da Lua azul!

– Namorado?

– Sim, Isa! Ela é namorada do Gênio! Ele me disse.

– Então nos leve até o Gênio, Simas.

– Eu não sei onde é o esconderijo, Ed!

– Como não, Simas?

– Fiquei vendado todo o tempo, Bárbara. Sinto muito...

– Tenho certeza de que Gênio vai dar um sinal!

E Sombra estava certo. Conhecia seu pupilo como ninguém.

Enquanto o sinal não chegava, os Invencíveis se sentiam sem rumo, sem líder. Ou confiavam em Sombra, ou teriam que armar um plano B para achar Gênio antes de Alicanto. E o relógio corria, tic-tac...

Alicanto estava fraco. Voava morosamente com as penas pesadas. Com esforço, seguia rumo ao sebo onde estava Gênio.

Gênio estava firme. Saiu do sebo disposto a se enveredar pela mata, mas, sem bateria, no escuro, mal via a direção da bússola. Sem planos, só coragem. Até que...

Uma luz, na verdade algo muito estranho, aparece diante dele. Uma bola de fogo alta e potente sobre o Rio das Mortes. Gênio congela. Parecia algo sobrenatural. Ele pensou estar em devaneio, mas as sinapses começaram a funcionar rapidamente no seu cérebro. E o sinal finalmente chegou, descongelando ele.

Gênio correu para o lado esquerdo, e incrivelmente a esfera de fogo o seguiu. Ele se descolocou para o lado direito e, de novo, a bola incandescente foi atrás dele.

E ele soube, quase imediatamente, quando a bola de fogo o seguiu na primeira corrida, que se tratava do fogo-fátuo. Uma experiência científica cercada de lendas.

Gênio soltou um grito de vitória e tratou de conduzir o fogo para a área mais descampada daquele lugar. Correu em velocidade pela beira do rio, com a língua incandescente atrás, sobre as águas... até chegar em um espaço livre de árvores. Descampado. E parou ali. Ele sabia que Sombra iria entender. Na verdade, ele apostava tudo nisso. Era sua única chance. A chama ficou imóvel, provocando uma forte labareda no meio da mata.

Já Sombra, inquieto e se sentindo aflito de alguma maneira pelos jovens – sim, ele se sentia responsável pelos Invencíveis –, sem acusar a tensão, sacou o pedaço de chiclete que Goma deu, que estava guardado no bolso. A visão noturna era instantânea e Sombra não demorou a ver o sinal que precisava:

– Gente! Tem alguma coisa ali!

– O quê?

– Uma luz, Sofia!

E ninguém além dele via nada:

– Onde?

– À sua esquerda, Ed!

– Alguém tá vendo? Só eu?

– Não vejo nada, Sombra.

– Daquele lado, Isa. Na sua direita.

– Você está com o chiclete de visão noturna?

– Tô, Goma.

– Então é por isso.

– Tá tudo um breu, gente!

– Jonas, não é possível! Ali! Tem uma bola de fogo.

– Você tá delirando, Sombra!

– Não, Sofia!

Os Invencíveis já estavam desanimados e incrédulos, sem ver nada além do breu.

Ed olhava pela lente da câmera. Fazia um *zoom* potente para a direção em que Sombra apontava freneticamente. E, de repente... Ed grita:

– Tem um faixo de luz! Ali!

E Simas também vê:

– É a Mãe de Ouro. Tô vendo!

E todos em coro:

– Quem???

E Simas, conhecedor das lendas de Minas Gerais, explica, convicto:

– É a mulher encantada. Ela aparece trajada com um longo vestido de seda branco. Em algumas regiões, a lenda da Mãe de Ouro é também representada por uma bola de fogo que tem a capacidade de se transformar numa linda mulher. Ela é a guardiã das minas de ouro.

Bárbara não se conteve:

– Vamos seguir essa luz!

E Sombra, aos berros:

– É o sinal do Gênio!

E todos, vendo enfim um fogo estranho longe dali, seguiram afoitos. Desceram a Calçada dos Escravos a passos largos.

Enquanto deixava o fogo-fátuo lamber aquela área descampada, Gênio correu para o sebo. Esperava que os Invencíveis, se tivessem visto o fogo, chegassem antes de Alicanto, seu algoz. Quem chegasse primeiro descobriria a mina de ouro e selaria seu destino. Sim, porque Gênio iria acabar com aquela maldição. Mas o que esperamos nem sempre acontece.

E o barulho, o som estridente na porta do sebo já revelava o mal presságio.

Era Alicanto.

Sombra e os Invencíveis seguiam a bola de fogo. Enquanto Bárbara quase acreditava na lenda que Simas revelou, Sombra deu uma aula sobre o fogo-fátuo:

– Essa luz é como um bruxo dominando o fogo.

E, provocando Bárbara...

– Parece mágica, lenda, Bárbara, mas é apenas um fenômeno da natureza. É uma explosão espontânea de gás metano que acontece em lagos, rios e até cemitérios. Fruto de decomposição química e calor...

– Decomposição química? Simples assim?

– Sim, Bárbara!

– Já ouvi falar disso. Muita gente narra esse fato como sendo a visão de fantasmas vindos do além! Será que realmente existem? Se não, como podemos explicar este misterioso fenômeno? Amo esse tema.

Sombra parecia ter resposta para tudo:

– Fosfina, Ed. Uma matéria orgânica natural da decomposição de cadáveres. Animais... Ela provoca um gás inflamável que, no calor, ocasiona labaredas de fogo. O Rio das Mortes fala por si... Fogo-fátuo.

– Mas o Gênio poderia provocar esse fenômeno, Sombra?

– Nunca, jamais, Goma. É natural. Gênio entendeu e usou a nosso favor.

– Como?

– Se você correr, Jonas, o ar se desloca devido ao movimento de seu corpo, e então o fogo vem na sua direção.... Gênio se aproveitou do fogo-fátuo para nos mostrar a luz...

– Então a bola de fogo é nosso guia pra achar ele?

– Sim, Isa! E estamos atrasados!

Alicanto estava na hora certa. E diante de Gênio. Estava com ódio. Cansado, mas disposto a tudo:

– Você, garoto metido a esperto, vai ser o primeiro. Eu vou morrer de fome, mas antes vou acabar com a sua vida. E com os outros também. Sabe por quê?

Gênio sentia o corpo tremer por dentro. Por fora, permanecia com ar de coragem. Não poderia usar sua força contra aquele monstro, sua única alternativa era usar sua lógica:

– Sei. Eu destruí seus planos: encontrar a mina de ouro mais valiosa. Acabei com seu jantar, não foi? Sim, "o ouro faz o homem rude..."

– Muito inteligente. Desde o dia que te vi no sebo, percebi. Tentei usar sua curiosidade ao meu favor, mas agora, olhando pra você nesta situação, vejo que não passa de um garoto pretencioso e estúpido. Onde está a estátua? E a mina?

Era o tudo ou nada para Gênio. Era viver ou morrer, porque não sabia se o Sombra e os Invencíveis tinham visto o sinal. Gênio precisava arriscar.

– Sob seus pés. Ou suas patas, sei lá. Sua ganância te cegou. E você vai sim morrer de fome depois da sua última refeição.

O pássaro entendeu tudo. E suas asas se arrepiaram diante da arrogância de Gênio:

– Você já era!

Em seguida, Alicanto deu um golpe com sua asa de ouro na cabeça de Gênio, que caiu apagado. Furioso, o pássaro seguiu pelos corredores do sebo até chegar à gruta, e seguiu além, descendo o corredor insalubre de pedras rumo à mina de ouro. Faminto, enlouquecido. Como, vivendo séculos naquele lugar, não percebeu que sua maior ambição estava abaixo de suas garras?

Enquanto ele descia pelos túneis de pedra, Sombra, Bárbara, Ed, Simas e os Invencíveis desciam calçada abaixo, guiados pelo fogo que teimava em arder sobre o Rio das Mortes. Pressa e aflição.

– Vamos! Atrás de mim! Todos estão proibidos de cair, tropeçar ou se perder. Combinado?

A tática de Sombra provocava ainda mais terror. Goma corria e mascava um chiclete de nozes, avelã e linhaça. Mistura potente que estimula o raciocínio. Duro feito rocha, mas, entre quebrar um dente ou uma perna, Goma preferia visitar sua amiga dentista, dona Cláudia, responsável por seu sorriso largo. Depois da tortura de usar aparelho fixo, ele só ganhava elogios:

– Adoro meus dentes! E minhas pernas também.

– Tropeçar é involuntário, Sombra!

– Não, Jonas. É um descuido. Se cair, levanta.

E quem tombou foi Bárbara. Uma pedra com limo, último lugar para apoiar o pé. Manteiga pura. Ela colocou o pé esquerdo, catou vento com os braços, quase fez um duplo *twist* carpado, ouro na ginástica olímpica, mas zero equilíbrio. E caiu. Dor e um palavrão. Em seguida, a constatação:

– Torci meu tornozelo!

Todos tentando colocar Bárbara de pé. Mas, em segundos, um inchaço deformou a lateral do pé. Impossível se apoiar sozinha.

– Como você foi se apoiar logo nessa pedra, Bárbara? Limo puro.

– Pois é, Carlito, você como guia devia ter me avisado.

O tempo fechou. Bárbara não podia seguir sem ajuda. Isso seria tranquilo se eles não estivessem com o relógio em contagem regressiva para achar Gênio.

– Não temos mais tempo!

– Temos um tornozelo torcido, Sombra.

– É? E faremos o que, Isa?

Isa se irritou:

– Se fosse com você, deixaria aqui. Mas a Bárbara, nós vamos ajudar a descer.

Jonas na hora se colocou:

– Eu ajudo. Posso ser um ombro de apoio.

E Sombra reagiu:

– E o Gênio?

Sofia, irritada, também não aguentou:

– Decide então, Sombra. Aliás, vai logo. A gente se vira aqui.

Sombra ficou em silêncio dois segundos, e então:

– Vocês acham mesmo que a minha situação é fácil? Deixar a Bárbara aqui ou salvar o Gênio. O que vocês fariam no meu lugar?

Ed, o cara mais contemporizador daquele grupo, se manifestou:

– Acho que podemos fazer as duas coisas, Carlito. Eu e Jonas vamos descer com a Bárbara. Simas vai guiando o caminho, Sofia e Isa vão descampando a mata. E você, Sombra, corre atrás do tempo que resta.

Goma se sentiu excluído:

– E eu?

Neste momento Sombra o carregou junto com ele:

– Você vem comigo. Preciso da sua astúcia, Goma. E vocês sigam o fogo. Nos encontramos lá.

Goma se sentiu abduzido. E assim foi.

Gênio acordou com a cabeça latejando. Parecia uma guerra explodindo dentro do cérebro. Ele testou seus movimentos: dedos das mãos abrindo e fechando, pés para cima e para baixo. Demorou uns instantes para arriscar ficar de pé. Conseguiu, mesmo cambaleando. Respirou fundo, soltou o ar em quatro tempos (leu isso numa palestra sobre yoga) e relaxou. E a consciência voltou. Precisava ir atrás de Alicanto antes que ele achasse a mina.

Por um instante, Gênio pensou que poderia correr para a porta do sebo e achar sua liberdade. Mas, em seguida, pensou que isso seria desistir antes de tentar. Ele, tão racional, foi *kamikaze*. E correu caverna abaixo como se não houvesse amanhã.

Gênio chegou à mina mais procurada por séculos. Alicanto estava ali, encantado de pássaro diante daquele reflexo dourado. Gênio cortou seu apetite:

– Que banquete, Alicanto! Vai, devora o ouro! Acaba com essa relíquia. Destrói nossa história com sua gula insaciável! Ouro de sangue dos sequestros. Você é igual aos homens que fizeram o massacre do Capão da Traição. Você é um predador! Depois desta mina que você vai engolir, o que vai fazer?

Alicanto estava salivando:

– Vou atrás da próxima, seu estúpido!

– Não tem próxima, Alicanto. Falei que esta é sua última refeição! Nossas minas foram depredadas, destruídas em um garimpo predatório. Nosso ouro está nas igrejas lusitanas. Você é voraz, aniquilador igual a todos os outros que saquearam nosso país. Acorda!

O pássaro se irritou:

– Você não me conhece!

– Conheço sim. Conheci o Ali Canto. O dono de um sebo, o amante de livros, uma pessoa que ama a História, que gosta de conhecimento como eu. Você nunca vai se saciar com o que almeja. Quanto mais ouro você encontrar, mais vai querer buscar. Quanto mais conhecimento eu tenho, mais eu quero saber. Entenda, Alicanto: nós jamais poderemos ser eternos, ou ter toda a riqueza ou compreensão do mundo. Nem aprender tudo que gostaríamos de conhecer, então, aceita sua humildade.

Alicanto escutou. Pensou na sua sina: viver nessa maldição até morrer de fome. Seria agora ou mais adiante. E se curvou diante daquele garoto que achava tão pretencioso e estúpido. As asas do pássaro murcharam.

Gênio nem podia acreditar que, pelo menos naquele momento, estava adiando seu fim. A qualquer instante aquele pássaro podia enfiar as garras na sua jugular. Mas ele viu um monstro aflito, angustiado, sofrendo, faminto:

– Sua fome não é do ouro, mas de se manter vivo. Penso que você foi um homem ganancioso. Trocou sua vida, sua liberdade pelo ouro... E busca algo que não vai mais encontrar. Que está acabando junto com suas forças!

Gênio prosseguiu:

– Vai se alimentar do ouro até não restar mais nada. Eu te vi antes de você estar assim, encantado. E, mesmo te achando um homem esquisito, achei você interessante. Você tem muito mais a oferecer como o homem Ali Canto do que como esse maldito pássaro.

O monstro estava acuado dentro dos seus medos, das suas sombras:

– Algumas escolhas não têm volta, meu caro. Eu não tenho mais salvação... fui mesmo um tolo. Todo o meu ódio na verdade era desespero. Não sei mais como voltar. Sou como aquele preso no corredor da morte. Pelo menos terei uma última refeição. Agora eu quero que você me deixe sozinho. Saia daqui antes que eu tenha que fazer alguma besteira com você.

Tanto Alicanto quanto Gênio sabiam que o final do pássaro seria muito triste. Gênio não se impressionou com a intimidação. De ameaçador e mau, aquele pássaro agora estava vulnerável. Mas, mesmo assim, poderia garfá-lo num instante. Era o tempo que Gênio tinha para dar sua cartada final. Só tinha alguns segundos...

E ele se lembrou das noites em que demorava a dormir vendo documentários aleatórios na televisão: sobre astronomia, planetas, Big Bang, evolução das espécies, Darwin, leis de Newton, natureza, baleias, plantas e fotossíntese, aquecimento global, crise climática, a migração dos pássaros... Parecia cultura inútil para os outros. Para ele, não. E a prova era que, agora, uma visão interna de um desses programas o arrebatou de imediato. Havia uma única chance para Alicanto. Isso se os Invencíveis não invadissem o sebo, guiados pela bola de fogo, atrapalhando os planos de Gênio. E... Sombra e a trupe estavam muito perto de salvar Gênio e interromper seus planos.

SACRIFÍCIO OU OURO DE TOLO

O Rio das Mortes ficava cada vez mais caudaloso. Um cheiro terrível exalava das águas escuras. A única luz era a do fogo-fátuo. Sombra e Goma caminhavam com dificuldade, mergulhando as botas na lama mole, aguada e fedida. Um esforço físico gigante:

– Que fedor é esse, Sombra?

– Cheiro do massacre, Goma. Odor de matéria morta. Estamos chegando.

Longe ainda dali estavam os outros. Mas... não muito distantes do sebo. Jonas e Simas apoiaram Bárbara e seguiam com Ed filmando tudo no caminho. Isa e Sofia, cuidando uma da outra na descida da Calçada dos Escravos. Organizados e tranquilos, seguindo o fogo da Mãe de Ouro, como afirmava Simas:

– Sei que é ela! Se Alicanto é uma lenda, porque a Mãe de Ouro também não seria?

Ninguém argumentava em contrário. Ninguém sabia em que ou em quem acreditar naquele momento. O importante era seguir a luz.

Na mina, acreditar também não era fácil. Gênio contou para Alicanto o que ele tinha que fazer para ao menos ter uma chance de se livrar do maldito feitiço. Depois que ele falou, com todos os detalhes, Alicanto ouviu com atenção e ficou imóvel. Gênio continuou:

– Vai ser um sacrifício, você vai sentir muita dor... mas eu acredito que você é capaz. E ficarei aqui até tudo terminar.

– Você está louco? Não vou conseguir fazer isso!

– Engraçado, e me machucar você poderia, não é?

Alicanto ficou furioso ao se ver pressionado por um simples garoto, e afiou suas garras. Suas penas arrepiaram:

– Posso, sim. Está pagando pra ver? Porque, garoto, entre você e eu, quem vai sair abatido, sacrificado, não serei eu!

– Seremos nós dois, Alicanto. Você me mata, engole essa mina inteira e depois... sem mais nenhum ouro para devorar, morre de fome. Ok! Destrua tudo então. Não vai sobrar mais nada, nem nenhuma história para contar. De que valeu essa sua ambição?

– Não vou tolerar que você me deixe acuado. Te dou agora uma chance de sair daqui enquanto é tempo. Vai, garoto! Deixa de se intrometido!

Gênio podia recuar, sair correndo dali. Alicanto selaria seu próprio destino e a mina desapareceria para sempre. Ele sabia que Alicanto estava desesperado, com medo. E pensou que, em alguns momentos, o que a gente precisa é de alguém acreditando, apostando na gente. Gênio resolveu arriscar tudo. Catou o *card* do bolso e apontou para o pássaro:

– Você sabe exatamente o que tem que fazer. Tenho certeza de que você não vai me decepcionar, Alicanto. Pegue! Vai te dar a força de que você precisa.

– O que é isso?

– O *card* da espada medieval. Meu amuleto. Ele me fez ser um Invencível. Sim! Porque eu sou um Invencível! Ele me deu um poder inimaginável. Você não imagina a força que ele tem.

Alicanto agarrou o *card* no seu bico afiado, sem ainda acreditar no poder daquele amuleto.

Gênio ainda disse suas últimas palavras, sua cartada final:

– Naquele dia que te conheci, no sebo, um senhor com sua careca laranja e sua garganta arranhando, não foi por acaso que você me entregou o livro de lendas. Você queria minha ajuda para se salvar! Encara a verdade. E eu estou aqui!

Gênio arrancou o *card* do bico de Alicanto e se colocou entre Alicanto e a mina, segurando o *card* com as duas mãos para o alto. Parecia um titã:

– "O ouro toca desaforos." Pela força deste *card*, que comece seu sacrifício!

Silêncio. O único som que Gênio podia ouvir eram os batimentos do seu coração. Parecia que ia pular pela boca. Ele suava frio por dentro do corpo. Sabia que o poder não estava no *card*, mas em sua capacidade de persuasão. Mais alguns segundos e seria seu fim. O ar desapareceu e o tempo parou naqueles instantes. Até que... antes de ser devorado, ou vitorioso, Sombra e Goma entraram na caverna. Goma mascava um chiclete de guaraná *in natura* que lhe dava a adrenalina necessária para enfrentar aquele momento. Seus olhos estavam esbugalhados, não por causa da goma energética, mas porque Sombra empunhava uma arma de fogo, uma pistola. Parecia Bond, o James. Coluna reta, mãos firmes. E, num movimento brusco, repentino, encostou a arma na nuca do pássaro. Estava determinado a acabar com ele se Alicanto fizesse um mínimo gesto:

– Acabou! Não ouse se mexer ou vai voar pena pra tudo que é lado. Deixe o Gênio sair e talvez eu poupe sua vida! Goma, pegue minhas algemas e prenda os pés desse monstro!

Goma obedeceu. Se sentiu o estagiário do 007. Enquanto pegava as algemas, Gênio percebeu nos olhos do pássaro que ele não iria ceder. Seria uma luta desleal, terrível, e provavelmente ninguém sairia vivo dali:

– Abaixa a arma, Sombra! Ele vai me deixar sair. Sou o líder dos Invencíveis e isso é uma ordem!

Sombra não seguia ordens de ninguém. Mas sacou que era algum plano de Gênio:

– Só quando você estiver em segurança.

– Abaixe a arma, agora. Pelo poder do *card*.

– Ok.

E baixou a guarda.

E olhando dentro dos olhos de Alicanto, Gênio entregou o *card*, ou melhor, colocou o *card* no bico do pássaro e cochichou:

– Você entendeu que não tem mais saída, né? Esse *card* é apenas emprestado. Sei que você vai me devolver. Confio em você.

Em seguida, Gênio correu para onde estavam Sombra e Goma:

– Vamos!

E puxou os dois para o corredor que dava acesso à gruta:

– Vamos ficar aqui e esperar.

Sombra queria, no mínimo, uma boa explicação:

– Você deve ter um bom motivo pra não me deixar destruir o Alicanto. Ele estava na minha mira!

– E Gênio... eu não entendi por que é que você deu o *card* da espada medieval para ele?!

– Na verdade o *card* é um grande blefe, Goma.

– Bom, agora é que você tem mesmo que se explicar, Gênio. Blefe??? Pirou?

– Não, Sombra. Sabe autossugestão? Eu disse o que ele precisava ouvir... influenciei o pensamento dele. O *card* é a força de que ele precisava para passar por um grande sacrifício e se livrar dessa maldição. Eu disse que o *card* tinha superpoderes e que daria para ele uma força inimaginável. E Sombra, você foi perfeito: quando eu ordenei que você abaixasse a arma, você me obedeceu. Ele achou que eu era "o cara", foi perfeito!

– Não se acostume com isso, Eugênio. Mas, eu entendi: já que você não podia usar suas forças contra ele, porque fisicamente Alicanto é muito poderoso, você usou a inteligência, seu cérebro.... para ser mais forte que ele!

– Exatamente, Sombra. Era minha única chance.

– Genial!

– Ainda não, Goma, ele precisa acreditar e passar por um violento processo de cura.

Goma ficou tenso:

– Como assim?

E quando Gênio ia começar a contar como era o doloroso processo, um gemido terrível ecoou do fundo da mina e tomou a cidade inteira. O som foi tão alto e estridente que Ed, Bárbara, Simas, Jonas, Isa e Sofia o escutaram, aos pés da Calçada dos Escravos:

– Que som foi esse?

– Vamos nos apressar, Jonas. Meu sobrinho está em perigo.

Eles desceram o que faltava, em disparada, sem se preocupar com arranhões, formigas ou cobras. O que importava agora era chegar antes que o pior acontecesse.

Assim que ouviu o ganido, dona Alda caiu de joelhos com a boca aberta, sem conseguir gritar. Julia ficou em choque:

– Calma, mãe!

E o grito saiu:

– Simas! Alicanto sumiu com ele para sempre! Meu filho!!!

Mas a última coisa que Julia estava era calma. Seus pelos se arrepiaram até a nuca.

Ela não podia mais ficar ali, mesmo vendo a mãe desesperada. E, num impulso, trancou a mãe dentro de casa e saiu em disparada:

– Eu vou voltar com o Simas, prometo!

Dona Alda continuou de joelhos, aos prantos, e novamente sem voz.

Sombra e Goma não podiam acreditar no que estavam vendo. Muito pior do que os gemidos era o que estava acontecendo ali. Goma se lembrou dos filmes de lobisomem que assistia quando era menor: um homem se transformando em lobo. E pensou que um dos seus autores favoritos, o mestre do terror, Stephen King, ficaria estarrecido:

– Eu vou desmaiar...

Diante deles, Alicanto, o pássaro, se transformava em algo que ele não fazia ideia. Gênio era o único ali que estava quase maravilhado, apesar de também impressionado:

– Começou!

E, segurando o *card* da espada medieval no seu bico, Alicanto urrava de dor enquanto suas garras caíam uma a uma, deixando seus pés em carne viva. Ainda teve forças para, com o bico, empurrar o *card* na sua frente, diante dos seus olhos, antes que o bico entortasse e virasse pó. Agora, curvado diante da sua fraqueza, sem garras e sem bico, ele era apenas um pássaro indefeso. Os olhos não tinham mais vida. Estavam opacos, como se uma nuvem preta cobrisse suas retinas. A mina de ouro brilhava seu dourado diante dele, mas, mesmo com fome, o pássaro já não poderia fazer mais nada.

– Isso é horrível!

– Vai piorar, Goma.

– Eugênio, essa sua calma às vezes me assusta.

– Ele está renascendo, Sombra. Na alquimia, a águia simboliza a transição do metal para o ouro, ou seja, a mutação de uma substância impura para uma pura...

– Mas ele já é feito de ouro!

– Sim, Sombra, mas ele é impuro. Todo esse ouro que ele roubou não pertence a ele. Alicanto vai ter que se depenar inteiro para voltar à sua essência pura.

– Eu não quero mais olhar!

– Goma, a gente nunca mais vai ter uma chance como esta!

– Essa dor vai passar? Ele vai aguentar?

– Espero que sim, Goma. Mas... não sei.

E o pássaro continuou curvado, imóvel. Parecia mesmo ter desistido. Nesse instante, Gênio sentiu um perfume que já conhecia, de maçã do amor. Gosto de beijo. Era Julia, que chegou sorrateira seguindo o fogo-fátuo. Ela conhecia os atalhos da cidade, como ninguém mais ali. Assim que viu o pássaro deitado, sem se mexer, ela esboçou um sorriso:

– Vocês conseguiram. Ele está morto! Cadê o Simas?

Gênio não sabia responder sobre o paradeiro de Simas. E naquele instante, pensou estar tudo perdido. A inércia de Alicanto parecia mesmo o seu fim. E Simas, mais um desaparecido na triste história da família de Julia. Gênio pensou que, de tudo que eles viveram, tudo o que aconteceu, eles conseguiram, ao menos, preservar a mina para a futura História do Brasil. Mas não conseguiram transformar Alicanto nem salvar Simas.

Ele deu um abraço apertado em Julia:

– Eu sinto muito...

E deu um suspiro profundo de tristeza dizendo:

– "O ouro toca desaforos."

E outro suspiro. Mas desta vez, não de Gênio, e sim do pássaro. Em seguida, um ruído esquisito chamou a atenção de todos: era o bico dele nascendo de sua boca, mais afiado do que nunca. E Alicanto, com força, coragem e resistindo à dor que cortava sua pele, usou seu bico para tirar cada pena do seu corpo. Uma mutilação consciente. Ele urrava de dor, mas não desistia.

Um espetáculo terrível de se ver. Seu corpo agora não tinha mais nenhuma pena. Parecia um frango recém-nascido. Ele tateou o chão, ainda cego, até se esconder em um canto escuro.

Todos que assistiram àquela cena pareciam não acreditar. E era mesmo difícil crer que aquilo tinha acontecido bem na frente deles. Goma não piscou os olhos até o fim:

– E agora?

– Agora, acho que ninguém aqui dúvida mais de lendas, não é, Carlito?

Era Bárbara que estava ali. Junto com Ed, Sofia, Jonas, Isa e Simas.

Sombra nem respondeu à provocação de Bárbara. Estava atônito.

Enquanto Sombra não sabia o que responder, Simas e Julia finalmente se reencontram em um longo abraço:

– Me desculpa, Simas. Eu só quis te ajudar...

– Tudo bem, minha irmã! Mas promete que nunca mais vai mentir pra mim.

E Julia, em um ato involuntário, responde que sim, cruzando os dedos atrás das costas:

– Prometo.

Ed continuava com a câmera sobre os ombros, filmando tudo.

E todos falaram ao mesmo tempo:

– E o Alicanto? Está morto?

– Com certeza, Sofia.

– Quem te garante, Jonas?

Simas não se aguentava de tanta alegria:

– A maldição acabou! Minha família está livre.

Goma, como sempre, com suas frases fora de hora:

– E eu que tinha medo do bicho-papão. Agora é do saci, do curupira. Estão todos aí, gente! Que ninguém aqui me caia no canto da sereia, por favor.

Jonas entrou em pânico:

– Eu tenho aqueles sonhos esquisitos com um rosto desfigurado... o que será isso?

E Isa se irritou:

– Sua imaginação, Jonas. Você está parecendo o Goma. Para de querer chamar atenção.

E Sofia reagiu:

– Ô Isa, não precisa ser grossa também...

Todos falavam ao mesmo tempo, uma verborragia nervosa, até que Gênio, vivendo a mesma situação da outra vez, quando escapuliu da casa de dona Alda sem ser notado, conseguiu sair pelo canto. À francesa. Precisava buscar o seu *card* da espada medieval, torcendo para não ver a mais terrível das cenas.

E se deparou com a coisa mais maravilhosa que poderia ter acontecido naquele momento. Antes de ver, escutou: um pigarro vindo de uma garganta arranhada.

Em seguida, Gênio enxerga, mesmo com pouca luz, uma careca laranja, de costas para ele: um homem ajoelhado como se fizesse um agradecimento diante de um portal. Atrás da mina, havia uma centena de pedras empilhadas formando um grande arco totalmente fechado. Nem precisava ser Indiana Jones para sacar que era uma obra humana.

E Ali Canto se virou. Sorriu para Gênio e, com um gesto de humildade, agradeceu, entregando o *card* para ele:

– Eu consegui. Graças a você, à força que me deu. Você me mostrou a coragem que eu tinha e não sabia que estava dentro de mim. Eu sei que não foi o *card*. Fui eu. Mas o *card* foi minha esperança. Eu tinha que te devolver.

Gênio se emocionou:

– Como você se sente agora, como um homem comum?

– Feliz e muito leve. Literalmente arranquei de mim aquele peso morto. Estou finalmente livre. Tantos homens morreram por causa desse ouro. Em vão. Eu garanto a você que nunca mais nenhuma vida vai ser tirada por causa desse metal, pelo menos aqui nesta região. Eu serei o guardião desta mina para sempre. Em corpo, ou espírito. Existem muitos Alicantos por toda a América do Sul. E muitas lendas que dizem que há um caminho cheio de ouro entre o Brasil e o Peru. Aqui no sebo, as lendas são verdadeiras. Eu te prometo que elas vão ficar apenas nos livros.

Gênio, involuntariamente, olhou para o portal e disfarçou:

– Eu achei que, como a águia, você voltaria jovem...

Ali Canto riu entre seus pigarros:

– Prrrrr. Não faria sentido, diante de tudo que aprendi, de tudo o que sei, de tudo que vivi. O que importa é o que está dentro de mim, minha energia. Eu era simplesmente um garoto quando quis ser eterno. Quero viver meu tempo. Sou o agora.

Gênio pegou na mão de Ali Canto com todo o carinho e humildade:

– Venha comigo. Preciso te apresentar às pessoas que fizeram parte desta aventura. Cada uma delas foi importante e não estaríamos aqui sem elas.

Eles foram. Gênio e Ali, novos amigos cheios de gratidão.

Quando Ali Canto, aquele senhor de careca laranja, se viu diante de todos eles, fez uma reverência. Sinal de agradecimento:

– Prrrrr. Estou aqui por todos que lutaram pelas nossas terras. E pelos que morreram defendendo seu lugar. Aquele pássaro vivia para além de mim. Ele simboliza a ganância, a maldade, a escravidão. Eu sou apenas um homem que vai lutar sempre para preservar nossa História.

De repente, num instante, o senhor se assustou quando viu o tio Ed com a câmera nos ombros filmando tudo:

– E seremos capazes de guardar segredo sobre isso tudo? Tenho certeza de que esse filme lhe daria o Oscar de melhor documentário.

Nesse instante, Ed desligou a câmera e apagou toda e qualquer imagem desde que chegou em Tiradentes:

– Vou começar uma nova história, um novo documentário. Até porque, esse vai ficar só na nossa memória.

– Obrigado. Meu sebo sempre será fonte de conhecimento. Vocês estão convidados a partilhar isso comigo. Hoje sou Ali Canto. Apenas um homem amante da História e dono de um sebo.

E, olhando para Simas e Julia:

– Espero vê-los em breve. Minha liberdade também é a de vocês.

Todos emocionados e ainda meio descrentes do que viram. Mas a experiência foi incontestável para todos.

Gênio, sempre entre seus algoritmos e sistema binário, não ia deixar passar nenhuma vírgula:

– E, Sombra, já que estamos deixando tudo claro, sem qualquer esquecimento, há algo que precisamos destruir?

Sombra não entendeu. Estava mesmo exausto, impressionado, e sem paciência depois da provocação da Bárbara:

– A sua arrogância? Gênio, achei que você iria sair melhor dessa experiência.

E o líder dos Invencíveis acusou o golpe:

– Desculpa. Uma brincadeira idiota minha.

– Ok! Desenvolve...

– Tá, Sombra. O trapo do Antonil. O começo de tudo.

Sombra se ligou na hora. E tirou o documento da mochila, embrulhado em plástico-bolha:

– Para qualquer historiador, este documento é um tesouro. Mudaria nossa vida profissional, nos daria glórias, reconhecimento, prestígio, não é, Bárbara? Em mãos erradas, isso poderia ser um estrago. Quem sabe iniciar uma nova guerra, um novo massacre. Acho mesmo que a intenção de Antonil, quando fez este cimélio, era a de que esta mina fosse achada e preservada.

E, rasgando o documento em mínimos pedaços:

– E assim será!

Bárbara olhou para Carlito com muita admiração e orgulho. Ali Canto chorou.

O fogo-fátuo já tinha se apagado. Ou a Mãe de Ouro, como insistia Simas. A essa altura, ninguém mais duvidava de lendas. O importante era sair dali sem serem vistos pelas pessoas da cidade.

Ali Canto tinha muito para fazer. Limpar, organizar, catalogar os livros do sebo. Se despediu de cada um com muito carinho.

Amanhecia. Todos estavam exaustos, famintos e ainda com uma estrada para seguir. Mas a recompensa estava sobre a mesa.

A casa de dona Alda era uma festa. Um verdadeiro banquete mineiro cheio de sabor e alegria. Leitão assado, torresmo, couve, frango com quiabo, tutu, feijão tropeiro... E os doces? De leite, goiabada, pé de moleque, compotas, abóbora com coco...

Carlito se fez de médico e cuidou do tornozelo de Bárbara. Gelo, massagem e chamego:

– Melhor?

– Sim, Carlito. Suas mãos... Mas... depois do que vimos hoje...

– Vamos falar sobre isso, mas não agora. Aqui não somos historiadores, somos duas pessoas que se gostam. Pode ser?

– Adorei, Carlito. Você sabe que...

– Eu também, Bárbara.

O clima quente entre eles disse tudo.

Como se não bastassem os convidados que já estavam ali, Simas foi até a torre de Santo Antônio e badalou o sino. Era um convite para o almoço. Logo, muitos moradores da cidade estavam ali, velhos amigos, sem entender o que estava acontecendo, mas adorando ver dona Alda alegre novamente depois de tanto luto. E ela era só sorrisos.

Jonas e Sofia não estavam nessa *vibe*. Agora era a DR deles. Depois do beijo que ele deu na Pat, não falaram disso. Alguém precisava interromper o silêncio entre os dois. E foi ela quem tomou a iniciativa, meio debochada:

– Os doces estão maravilhosos. Já provou o doce de leite?

– Ainda não, Sofia. Tá valendo?

– Total! Só não é melhor do que aquele *brownie* com sorvete... sabe?

Jonas acusou o golpe na hora:

– Eu tenho uma coisa pra te mostrar...

– Eu já vi tudo o que eu tinha que ver, Jonas. Achei mesmo que você ia me dizer...

Ele cortou Sofia e pegou o celular do bolso já falando:

– Aquele dia que a gente se encontrou, eu e a Pat, foi uma armação minha.

Sofia não estava entendendo nada:

– Como assim?

– Eu gravei nossa conversa pra te provar que foi ela quem me beijou. Eu não estava bem aquela noite. Ouve!

E antes que ele apertasse o *play* para mostrar o diálogo dos dois, Sofia interrompeu, furiosa:

– Jonas, o que você fez foi horrível! Apaga isso agora.

Ele ficou assustado e apagou imediatamente:

– Eu só queria que você acreditasse em mim.

– Eu acredito... mas você gravou uma conversa sem a Pat saber. Isso é muito sério. Eu sei que você é um cara bacana, afinal a gente namorou por muito tempo. Mas isso não foi legal.

Jonas ficou tenso:

– Namorou? Porque a gente não namora mais, Sofia? Não vamos voltar?

– Agora não, Jonas. Você vacilou. E eu tô aprendendo a pegar onda. Tô com saudade da praia.

E Sofia deixou Jonas ali, no vácuo, com muito para pensar. Eles continuavam sendo Invencíveis, mas namorados, não.

Do outro lado da sala, Isa percebeu o clima dos dois. Em segundos, ela achou Sofia dando uma olhada no doce de leite:

– E aí, amiga? O que rolou entre vocês dois?

– Saí fora. Não quero namorar ele.

– Ah, não! Por causa da Pat? Amiga, foi uma besteira.

– Com certeza, Isa. Mas o que ele fez pra consertar não foi. Deixa pra lá. Acho que vou virar surfista...

– Oi?

Sofia também deixou Isa no vácuo. Depois ela contaria de Eric.

E de novo, Gênio estava desaparecido. Quem deu por falta dele foi Goma:

– Alguém viu o Gênio?

– Ih... meu sobrinho tá com essa mania de desaparecer, não é?

Simas desta vez não se enganou:

– Esse sumiço não tem nada a ver com o que passou, mas com o que virá... olha a coincidência, Julia também evaporou.

E todos entenderam.

Do alto da torre da igreja de Santo Antônio, entre beijos apaixonados, Gênio e Julia, sem Lua azul, mas com um Sol dourado, brincavam de se gostar. Gênio não estava mais aflito:

– E agora? O que a gente faz com o que tá sentindo?

Julia riu:

– Vive, Gênio!

Ele pensou e abriu o coração:

– Nós todos, que vivemos essa experiência incrível, temos um segredo. E sei que vamos guardar. Posso te pedir uma coisa?

– Claro!

– Entre nós: não vamos ter segredos?!

E Julia desta vez não cruzou os dedos, pelo contrário: mostrou as mãos para Gênio.

– Prometo. Agora, eu que vou te fazer uma pergunta... Eu sou uma Invencível?

Gênio separava muito bem emoção e razão:

– Isso só o tempo vai dizer, Julia.

E a noite chegou. Desta vez, sem a Lua, quase invisível na fase minguante. Hora de voltar à realidade do Rio de Janeiro: ano letivo, aulas, provas, professores, aquela rotina. Hora de arrumar as malas e descansar. Gênio e Sombra, para variar, terminaram antes de todos. O ônibus partiria cedo. Não seria surpresa dizer que os dois tiveram a mesma ideia, o mesmo ímpeto. Gênio e Sombra ainda tinham uma última missão. E diante do sebo, no alvorecer, Gênio bateu na porta. Ali Canto abriu, sonolento, depois de um longo descanso:

– Gênio? Prrr... O que houve?

– O *card* é seu. Um presente para te lembrar sempre da sua força.

E entregou o *card* da espada medieval para o velho.

Nesse instante, Ali Canto, com os olhos marejados, aceitou o amuleto e tentou dizer algo, mas foi interrompido pelo novo visitante, repentino. Sombra chegou com o livro de lendas nas mãos. O livro que aquele senhor deu para Gênio na primeira visita ao sebo:

– Isso lhe pertence. Precisava devolver.

Ali Canto recebeu o livro.

Sombra e Gênio se olharam e deram um sorriso. Ali Canto pediu que esperassem e seguiu sebo adentro, deixando os dois na porta:

– Garoto... se na sua idade eu tivesse sua cabeça, seria um gênio!

– Se na sua idade eu for como você... valeu tudo!

Eles se abraçaram. Um longo abraço, até Ali Canto voltar com duas penas de ouro arrancadas da sua história:

– Um presente para vocês. Meu amuleto. Representa a força de acreditar que sempre podemos renascer.

Sombra e Gênio aceitaram, entendendo a força daquele símbolo.

Foi uma despedida.

Já no ônibus, de volta para o Rio de Janeiro, o silêncio reinava. Cada um tentando entender como foi aquela vivência. Tinham um segredo entre eles.

Julia decidiu que iria passar uns dias na Cidade Maravilhosa. Ficaria na casa de Isa e perto de Gênio. Ela estava muito animada para conhecer os encantos do Rio de Janeiro. Contou que Tiradentes agora tinha um novo morador, e todos comentavam: era um senhor de careca laranja e garganta arranhada, que cuidava de um sebo incrível. Todos os dias ele caminhava pela cidade cumprimentando a todos. Tinha um brilho especial, dourado. Ninguém sabia como tinha aparecido ali, mas era bem-vindo.

Tudo calmo entre eles, até que... uma mensagem aparece no celular de Sombra:

"Me liga urgente! Tô cismado com uma parada! Eu vi um portal e preciso falar com você sobre isso!"

O historiador Sombra levantou os ombros na fila do *check-in* do aeroporto, curioso. Mas, em seguida, olhou para sua companhia e respondeu:

"Sossega o facho, garoto. Vou tirar férias com a Bárbara. Enquanto isso, não apronta nenhuma não, tá, Gênio! Me espera!"

"Ok! Vou tentar... rsssss"

E Gênio cruzou os dedos.

SOBRE A AUTORA
ANA CRISTINA MASSA

Sou jornalista, escritora e roteirista, mãe de um incrível casal de filhos. Sou também uma carioca apaixonada pela minha cidade e pela História do Brasil. Adoro ler, inventar personagens e narrativas, descobrir enigmas, decifrar mistérios. E foi reunindo todos esses interesses que me inspirei para escrever a série Os Invencíveis.

O enigma do cimélio de ouro é o quinto livro da coleção, uma aventura imperdível pelas lendas de Minas Gerais.

CADERNO DE CURIOSIDADES

SOBRE O LIVRO

A ação do livro acontece em Tiradentes, cidade do estado de Minas Gerais, que, em conjunto com outras cidades que se formaram no final do século XVII e início do século XVIII, fizeram parte do centro da mineração de ouro no Brasil, especialmente Ouro Preto, Sabará e Mariana.

Todas elas foram arraiais de bandeirantes à procura de metais e pedras preciosas e passaram a ser denominadas vilas, em função do aumento populacional e de sua importância na extração de ouro. Mais tarde, foram elevadas à categoria de cidades. A cidade de Tiradentes teve vários nomes ao longo dos séculos, até receber o nome atual, em razão de, supostamente, ser o local de nascimento de Joaquim José da Silva Xavier – o Tiradentes –, um dos líderes da Inconfidência Mineira.

Apesar de toneladas de ouro terem sido escoadas para a Europa, ainda sobrou um pouquinho para ornamentar as belíssimas igrejas de Tiradentes e da região. A arquitetura colonial está bem preservada, pois o conjunto arquitetônico e urbanístico foi tombado como patrimônio histórico pelo Instituto do Patrimônio Histórico e Artístico Nacional (Iphan).

Muitas das referências encontradas no livro são verdadeiras, como a Serra de São José, a Calçada do Escravos[1], a Estrada Real e o Rio das Mortes. Esses lugares podem ser visitados e

1 Calçada dos Escravos é um nome próprio, por isso utiliza o termo 'escravos'. Sabemos hoje, porém, ser mais apropriado utilizar a terminologia 'escravizados'.

percorridos a pé, nas trilhas da região, de carro e até de trem com locomotiva a vapor, a Maria Fumaça.

A Guerra dos Emboabas aconteceu em algum lugar entre Tiradentes e São João del-Rei, e foi uma luta sangrenta entre bandeirantes paulistas e os recém-chegados portugueses – chamados de emboabas – atraídos pelas riquezas da região. Um dos possíveis significados dessa palavra em tupi-guarani é "aves de pés emplumados", que era usada de forma pejorativa para se referir aos portugueses, que usavam botas. A guerra culminou em um triste e violento episódio de nossa história, conhecido como Capão da Traição, em 1709: quando um grupo de bandeirantes paulistas, em expedição a minas auríferas, foi rendido e massacrado pelos portugueses. Não se tem certeza da quantidade de mortos, como também do local exato da chacina.

Entretanto, em Tiradentes e outros locais da região, o ouro era principalmente encontrado em rios e nas encostas das serras, e não no subterrâneo. Assim, o ouro encontrado em Tiradentes era chamado de ouro de aluvião: sedimentos soltos que são depositados por água corrente em um leito de rio ou em inundações nas planícies. O garimpo ou garimpagem era a forma de extração das riquezas em Tiradentes. Ou seja, não havia minas subterrâneas abertas para extração de ouro e pedras preciosas em Tiradentes, diferentemente de Ouro Preto e Mariana, onde as riquezas encontradas estavam debaixo da terra.

A história mais aceita para a expressão "santo do pau oco", fruto da tradição oral – uma vez que ainda não foram encontrados registros históricos que confirmem a tese –, é que estátuas esculpidas em madeira oca eram produzidas nas Minas

Gerais, durante o ciclo do ouro, com o objetivo de esconder pó de ouro e diamantes em sua cavidade e assim escapar das taxações do governo de Portugal. A expressão é ainda hoje bastante utilizada no Brasil e em Portugal, e indica uma pessoa fingida e dissimulada.

Alicanto, pássaro mitológico cuja origem vem do Chile, especificamente do deserto do Atacama, é outra lenda que aparece no livro. Nela, o pássaro tem o corpo formado por metais preciosos e ouro e se alimenta também de ouro.

"Ouro toca desaforos" é uma frase que aparece no *Discurso histórico e político sobre a sublevação que nas Minas houve no ano de 1720*, publicação anônima atribuída ao conde de Assumar, que, entre 1717 e 1720, foi governante da capitania de São Paulo e Minas do Ouro. O *Discurso* é um importante documento histórico, fonte de conhecimento de diversos aspectos da vida colonial mineira dos séculos XVII-XVIII.

Por fim, o personagem citado no livro, André João Antonil, de fato existiu e adotou esse nome, embora também tenha sido conhecido como Giovanni Antônio Andreoni ou João Antônio Andreoni. Era um jesuíta italiano que chegou ao Brasil no ano de 1681 para lecionar em Salvador, Bahia, onde morou até falecer, em 1711. Foi reitor do Colégio dos Jesuítas e escreveu e publicou livros sobre as condições sociais e, com mais profundidade, sobre a economia do Brasil. Em razão dos detalhes oferecidos em sua principal obra, especialmente sobre a mineração, o governo português proibiu sua divulgação e confiscou os livros existentes, embora tenham escapado alguns poucos exemplares, hoje considerados raridades.

POR DENTRO DE TIRADENTES

Fotos disponíveis na plataforma Wikimedia Commons sob a licença aberta Creative Commons – créditos na página 175.

Vista aérea da cidade de Tiradentes, em 2013

Maria Fumaça da ferrovia
de São João del-Rei a Tiradentes, em 2014

Vista da cidade de Tiradentes, em 2014, com a Igreja de Santo Antônio em destaque

Vista da Serra de São José, Tiradentes, em 2010

Rio das Mortes, Tiradentes, em 2017

Vista da Igreja de Nossa Senhora do Carmo,
em São João del-Rei, em 2007

Centro histórico de Tiradentes, em 2019

CRÉDITOS DAS IMAGENS

Imagem 01: "Tiradentes, MG: conjunto arquitetônico e urbanístico" de Fernando Stankuns / CC BY-SA 4.0, p. 164.

Imagem 02: "Complexo ferroviário de São João del-Rei a Tiradentes" (recorte) de Fabio T Costa / CC BY-SA 4.0, p. 165.

Imagem 03: "Tiradentes - Minas Gerais - Brasil" de Marinelson Almeida / CC BY 2.0, pp. 166-167.

Imagem 04: "Serra de São José - Tiradentes - MG - Brasil" de Gustavo Motta / CC BY-SA 3.0, pp. 168-169.

Imagem 05: "Rio das Mortes, Tiradentes - MG" de Paulo JC Nogueira / CC BY-SA 3.0, pp. 170-171.

Imagem 06: "São João del-Rei, Minas Gerais, Brasil" de Adelano Lázaro / CC BY-SA 4.0, pp. 172-173.

Imagem 07: "Centro histórico de Tiradentes, Minas Gerais" (recorte) de Venturamarina / CC BY-SA 4.0, p. 174.

TIPOGRAFIA
Neutra Display [títulos]
Garamond Pro [texto]
PAPEL
Cartão 250 g/m² [capa]
Offset 90 g/m² [miolo]
GRÁFICA E ACABAMENTO Color System
AGOSTO DE 2025